Nickel und Horn
auf Safari

Außerdem von Florian Beckerhoff erschienen:

Nickel und Horn – Zwei Detektive mit Durchblick
Nickel und Horn – Sondereinsatz für Frau Perle
Geschwister-Gespenster – Jetzt geht der Spuk erst richtig los

Beckerhoff, Florian:
Nickel und Horn auf Safari
ISBN 978 3 522 18542 4

Gesamtausstattung: Barbara Scholz
Lektorat: Natalie Tornai
Einbandtypografie: Suse Kopp
Innentypografie: Bettina Wahl
Reproduktion: HKS artmedia GmbH, Ostfildern
Druck und Bindung: Livonia Print, Riga

FSC
www.fsc.org
MIX
Papier aus verantwortungsvollen Quellen
FSC® C002795

www.thienemann-esslinger.de

Florian Beckerhoff

Nickel und Horn

auf Safari

Mit Bildern von Barbara Scholz

Thienemann

Für Victor und Lea
und für alle Kinderdetektive

1. Kapitel:

Ein Brief und viel Schnief

»Bist du bereit?«, fragte Nickel.

»Wenn's sein muss«, krächzte Horn.

»Also bitte! Wenn ich singen könnte, würde ich es machen. Man wird nicht alle Tage dreiundneunzig Jahre alt.«

»Pa!«, machte Horn. »Meine Großmutter war mit einhundertundzwölf Jahren noch quickfidel! Und unser Lieblingsmensch hier sitzt nur noch rum und schläft.«

»Eben.«

»Was heißt hier eben?«

»Er ist eben ein Mensch und kein Papagei. Sonst hätte er uns sicher nicht aus dem Tierheim geholt.«

»Und davon ist er immer noch erschöpft?«

Schlappi bellte, weil er es gar nicht mochte, wenn schlecht von seinem geliebten Herrn Locke geredet wurde. Horn aber flatterte schon los und landete auf der Lehne des Sessels, wo er sich noch einmal kräftig aufplusterte. Der alte Detektiv atmete ruhig. Horn räusperte sich, öffnete und schloss den Schnabel mehrmals zur Probe und legte dann los:

Captain, lass das Träumen, wach jetzt endlich auf,
lass uns was erleben, heut machen wir einen drauf!

Herr Locke rührte sich nicht, auch dann nicht, als Horn ihm ins linke Ohrläppchen biss.

»Aufwachen! Weiterleben, bitte sehr! Geburtstag!«, krächzte er.

Keine Reaktion. Schlappi wurde unruhig, legte seinen Kopf auf Herrn Lockes Schoß und winselte.

»Das war kein Geburtstagslied«, sagte Nickel.

»Beim Klabauterhahn, von wegen! Das haben wir immer für Captain Gurkennase gesungen, jawohl! Und selbst der ist immer aufgewacht.«

»Aber Herr Locke ist nicht Captain Gurkennase.«

Horn dachte nach und musste Nickel recht geben, auch wenn er das für sich behielt. Er setzte noch einmal an:

Ein Schiff wird kommen, und Ihnen Kuchen bringen,
weil wir hier so schön singen, für Sie, Herr Detektiv!

Herr Locke gab immer noch keinen Laut von sich. Dafür war das Klackern des Schlüssels in der Wohnungstür zu hören, woraufhin Schlappi gleich aufsprang und Frau Perle entgegeneilte.

»Vorsicht! Nicht so stürmisch!«, flötete sie. Sie hielt eine riesige Torte in den Händen. Unter ihrem Arm klemmte außerdem ein Brief.

»Heilige Kokosnuss, hab ich's nicht gesagt!«, rief Horn. »Ein Schiff wird kommen und Kuchen bringen!«

»Wie bitte? Ich soll ein Schiff sein, du ungezogener Piratenpapagei! Und was war das überhaupt für ein grässlicher Gesang?«

»Von wegen grässlich! Sie hätten wohl lieber so ein Wellensittichgepiepse, aber nicht mit mir! Ich sollte ihm ein Ständchen zum Geburtstag singen, und das habe ich getan, jawohl!«

Schlappi winselte und zog Frau Perle zu Herrn Locke. Die Haushälterin bemerkte, dass der alte Detektiv tief und fest schlief. Verwundert schüttelte sie ihn an der Schulter, dann ihren eigenen Kopf. Hier stimmte doch etwas nicht. Schnell stellte sie die Torte auf den Tisch und hängte ihren Mantel auf. Dann brachte sie sich in Position, räusperte sich und legte los wie eine Opernsängerin:

Zum Geburtstag viel Glück, zum Geburtstag viel Glüüüüüüüüück!

»Was? Was ist los?«, rief Herr Locke, sprang auf und stand vor seinem Sessel, die Augen weit aufgerissen. »Die Alarmanlage! Es brennt! Feuer!«

Frau Perle wurde ganz rot. Nickel und Horn lachten beide laut. Schlappi bellte, um Frau Perle zu verteidigen.

Herr Locke kam langsam zu sich und sah sich verwirrt um. Er musterte die vor ihm versammelte Gesellschaft und entdeckte die Torte.

»Aha«, sagte er. »Wenn mich nicht alles täuscht, hat hier jemand Geburtstag.«

»Absolut richtig, Herr Meisterdetektiv! Hervorragend kombiniert«, krächzte Horn.

»Aber wer hat Geburtstag? Für wen ist diese Torte?«, fragte Herr Locke.

»Für Sie natürlich! Herzlichen Glückwunsch zum Dreiundneunzigsten«, piepste Nickel.

»Mast und Schotbruch!«, krächzte Horn. »Und immer eine Handbreit Wasser unterm Kiel, jawohl!«

»Alles Gute, alles Liebe«, säuselte Frau Perle.

Schlappi bellte erleichtert und lief dann winselnd zur Wohnungstür.

»Oh weh, mein lieber Hasihund, wie konnten wir dich nur vergessen!«, rief Frau Perle eilig und schlüpfte schon wieder in ihren Mantel. Dabei fiel der Brief zu Boden. Sie bückte sich und reichte ihn Herrn Locke.

»Der war im Briefkasten«, sagte sie. »Sogar in Afrika denkt man an Ihren Ehrentag.«

Dann eilte sie Schlappi hinterher. Die Wohnungstür fiel ins Schloss. Plötzlich war es ganz ruhig. Herr Locke musterte den Brief.

»Tatsächlich aus Afrika«, sagte er. »Die Briefmarke lässt daran keinen Zweifel.«

»Dann sind

Sie ja wirklich weltberühmt!«, krächzte Horn. »Ein Weltmeisterdetektiv, heilige Kokosnuss!«

»Sehr rätselhaft«, sagte Herr Locke. »Einige Fälle haben uns weit weg geführt, das schon.«

»Karamba, ja! Bis auf die Kanarischen Inseln bin ich geflogen, um den Bananendieb zu fangen!«

»Wir haben zusammen das Schiff genommen«, protestierte Nickel. »Genauso wie nach Langör, wo wir das Pupsetier gerettet haben.«

»Oh ja, den Möwen habe ich's gezeigt! Das war vielleicht ein Spaß!«

»In Afrika waren wir aber nie. Das war sicher, bevor Sie uns aus dem Tierheim geholt haben, oder?«, fragte Nickel.

»Nicht, dass ich wüsste«, sagte Herr Locke. »Vielleicht habe ich es ja vergessen. Im Alter wird man so vergesslich.«

»Papperlapapp, Sie sind doch nicht alt!«, rief Horn. »Noch nicht einmal ein Elefant im besten Alter erinnert sich immer an alles. Das ist ja überhaupt nicht möglich, weil so ein Kopf irgendwann voll ist und ein paar Erinnerungen ein bisschen nach hinten geräumt werden müssen. In die Ohren oder in den Rüssel.«

»Herr Locke hat doch keinen Rüssel!«, unterbrach ihn Nickel.

»Dann eben in den Hals oder sonst wo hin. Schauen Sie einfach in den Brief, dann wissen Sie, wo Sie diese Erinnerung hingesteckt haben.«

»Jetzt sei nicht so ungeduldig! Herr Locke weiß selbst, was er zu tun hat.«

Herr Locke seufzte. Das war alles etwas viel für ihn so kurz

nach dem Aufwachen. Er riss den Briefumschlag auf und entnahm ihm einen mehrfach gefalteten Zettel, den er sorgfältig glatt strich. Er setzte seine Lesebrille auf und begann zu lesen.

»Ich höre nichts!«, krächzte Horn.

»Psst!«, sagte Nickel. »Lass ihn lesen!«

Herr Locke rührte sich nicht und starrte auf den von Hand beschriebenen Zettel. Er zitterte und eine Träne lief ihm die Wange herunter. Nickel wollte gerade fragen, was denn nur in diesem Brief stand, als Frau Perle und Schlappi in die Wohnung stürmten. Der Hund spürte gleich, dass es seinem Herrchen nicht gut ging. Winselnd leckte er seine Hand.

»Aber was haben Sie denn?«, rief Frau Perle und wandte sich an Nickel und Horn. »Was habt ihr beiden angestellt?«

»Nichts haben wir angestellt!«, krächzte Horn empört. »Sie haben was angestellt, weil Sie Zwiebeln geschnitten und Ihre Hände nicht gewaschen haben, mit denen Sie dann diesen Brief angefasst haben!«

»Zwiebeln? Zum Frühstück?«, rief Frau Perle.

»Dann hätte er vorher schon geweint«, sagte Nickel. »Der Zwiebelsaft wäre auf dem Umschlag gewesen.«

»Und warum weint er dann, bitte sehr? Frau Oberschlauschweinchen?«

»Auf jeden Fall braucht Herr Locke jetzt Ruhe«, entschied Frau Perle, und Schlappi bellte zustimmend. »Also, ab auf eure Plätze und kein Wort mehr von diesem Brief.«

Sie nahm Herrn Locke den Brief aus der Hand und steckte ihn zurück in den Umschlag, den sie in ihrer Schürze versenkte. Nickel und Horn konnten es nicht fassen. Aber es lohnte sich nicht zu protestieren. Wenn Frau Perle sich um Herrn Locke sorgte, war sie zu fast allem bereit. Sie reichte dem alten Detektiv ein Taschentuch und servierte ihm dann ein extragroßes Stück von der Torte.

2. Kapitel:

Der einzig ungelöste Fall

Sosehr Frau Perle und Schlappi sich auch bemühten, Herrn Locke aufzumuntern, blieb er den ganzen Tag still in seinem Sessel sitzen ohne die Torte anzurühren. Mehrmals war die Haushälterin kurz davor, den Arzt anzurufen, doch davon hielt der Detektiv sie ab. Er wollte einfach nur seine Ruhe haben.

»Mein lieber Herr Locke«, versuchte sie ihn aufzumuntern. »Wer wird schon gerne ein Jahr älter? Aber dafür gibt es immerhin Torte. Die hilft gegen jeden Kummer!«

Herr Locke wollte davon nichts hören.

Nickel und Horn konnten es nicht erwarten, dass Frau Perle endlich ging. Auch sie machten sich Sorgen um Herrn Locke, der noch nie zuvor geweint hatte. Sie mussten herausfinden, was in diesem Brief stand. Kaum war die Tür ins Schloss gefallen, segelte Horn zu Nickel, die gleich auf seinen Rücken kletterte. So flogen sie zu Herrn Locke, der kein Wort verraten wollte.

»Dann lesen wir es eben selbst«, krächzte Horn beleidigt.

Schlappi bezog knurrend Posten vor der Küche, in der sich Frau Perles Schürze befand.

»Ich glaube nicht, dass Schlappi das zulässt«, piepste Nickel.

»Glaubst du, Captain Gurkennase hätte sich von so was aufhalten lassen?«

»Und wie willst du das bitte anstellen?«, fragte Nickel.

»Na ja, da wird dir ja wohl etwas einfallen, oder nicht? Schließlich bist du hier das Weißimmervielmehrschweinchen, oder nicht?«

»Das wird ja immer besser!«, schimpfte Nickel. »Erst beleidigst du mich und jetzt soll ich dir die Lösung liefern.«

Horn zuckte nur mit den Flügeln. Er wusste, dass man Nickel manchmal reizen musste, damit ihr die richtigen Ideen kamen. Und so war es auch diesmal. Plötzlich sprang Nickel auf den Tisch, griff mit den Pfoten in das Tortenstück und bewarf Horn damit.

»Verklebter Möwendreck! Bist du irre, oder was?«, krächzte er.

»Ätschi Kalätschi!«, rief Nickel und warf noch eine Portion Sahne hinterher.

Horn brachte sich auf dem Regal in Sicherheit.

»Sagen Sie doch etwas, Herr Locke! Ich werde in Ihrer Wohnung attackiert!«

Herr Locke schwieg. Schlappi knurrte, blieb jedoch liegen, weil er ein Ablenkungsmanöver fürchtete. Solange er die Küchentür bewachte, hatten sie keine Chance.

»Ich bin völlig verklebt!«, schimpfte Horn. »Widerlich! Was fällt dir überhaupt ein, du Schwein!«

»Ich dachte, ich soll mir etwas einfallen lassen«, sagte Nickel.

»Ja, und? Warum bewirfst du dann nicht diesen Schlappwachhund, der uns daran hindert, Herrn Locke zu helfen?«

»Ach so«, sagte Nickel. »Stimmt! Das mache ich gleich. Du kannst dir ja solange im Bad die Federn waschen.«

Während Horn noch auf dem Regal hockte und versuchte, zu verstehen, was Nickel ihm sagen wollte, griff sie wieder in die Torte und wandte sich in Richtung Schlappi, dem das Wasser im Mund zusammenlief. Sie traf ihn an der Schnauze.

»Eine großartige Idee!«, spottete Horn.

»Geh du dich putzen und denk an die offenen Fenster!«, rief ihm Nickel zu.

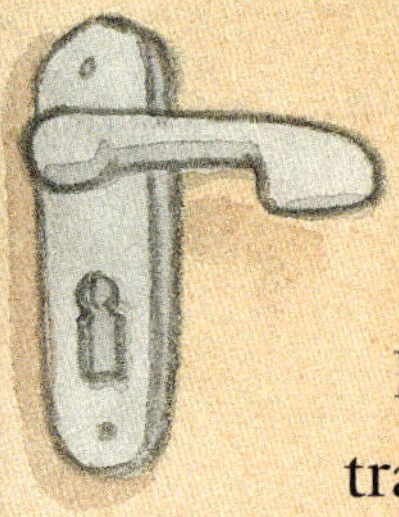

»Was für Fenster?«

»Los jetzt!«

Während Schlappi auch die nächste Portion Torte, die ihn unter dem Auge traf, wegschleckte, flog Horn ins Badezimmer und wusch sich unter dem tropfenden Wasserhahn. Dabei dachte er die ganze Zeit an die offenen Fenster. Was hatte Nickel nur gemeint? Das Badezimmerfenster stand wie immer auf Kipp, aber das war ja nur ein Fenster. Er sollte an mehrere Fenster denken.

»Heilige Kokosnuss!«, krächzte er da. »Dieses Schweinchen ist genial.«

Sofort sauste er zum Fenster raus und einmal um die Hausecke, wo er auch schon das auf Kipp gestellte Küchenfenster sah. Frau Perle meinte, die Wohnung stinke immer nach Tier. So leise er konnte, landete er auf dem Fensterrahmen und kletterte durch die Öffnung in die Küche. Er sah Schlappi in der Tür liegen und winkte

Nickel. Sie sollte den Hund weiter ablenken. Schlappi konnte aber trotz seines Alters immer noch ganz gut wittern und auch hören, nur klatschte ihm da schon die nächste Ladung Torte ins Gesicht. PATSCH! Horn nutzte die Gelegenheit, stürzte zur Schürze, fummelte den Brief aus der Tasche und sprang gerade noch rechtzeitig in einen Suppentopf, bevor Schlappi sich knurrend umdrehte. Er hatte doch etwas bemerkt, aber da landete Nickel schon den nächsten Tortentreffer auf seinem Hinterkopf. Während Schlappi mit der Torte beschäftigt war, kletterte Horn aus dem halbvollen Topf Erbsensuppe und hinterließ auf dem Rückweg zum Fenster eine grün klecksende Spur. Dann war es geschafft.

Nickel erwartete Horn hinter ihrer Schlafkiste. So weit konnte Schlappi nicht sehen und wenn sie flüsterten, würde er sie auch nicht hören. Erst einmal roch Nickel aber die Erbsensuppe, als Horn mit dem Brief im Schnabel aus dem Badezimmer kam.

»Du Armer«, sagte sie. »Erst Torte, dann Erbsensuppe.«

»Pillepalle«, krächzte Horn. »Früher bin ich durch Blut gewatet, um unser Schiff zu retten!«

Dann legte er den Briefumschlag ab, aus dem Nickel den Zettel zog, auffaltete und las.

»Soll ich vorlesen?«

»Nein, du sollst einen Papierdrachen basteln!«

Nickel verstand, dass Horn bei der Lösung des Problems die sehr viel undankbarere Rolle gehabt hatte. Dann las sie ihm vor.

»Mein lieber Holm, habe den Dieb der Unsterblichkeit gefunden. Er lebt auf der Billy-Biltong-Farm in Südafrika. Ich werde zu ihm gehen. Wenn du keinen weiteren Brief von mir bekommst, bin ich in großer Gefahr. Nur du kannst helfen. Niemand weiß davon. M.C.«

»Das ist alles? Und wer bitte ist dieser Holm?«

»Ja, mehr steht hier nicht. Aber das ist ganz sicher kein Glückwunsch zum Geburtstag, sondern ein Hilferuf! Und der oder die Schreiberin ist mit ihm befreundet.«

»Warum befreundet, heilige Kokosnuss?«

»Weil ihn sonst niemand bei seinem Vornamen nennt.«

»Und deshalb muss er weinen? Weil er so berühmt ist, dass man mit ihm befreundet ist und in Afrika seine Hilfe braucht?«

Nickel las den Brief wieder und wieder, aber sie wurde daraus nicht schlau. Herr Locke musste ihnen sagen, was das alles zu bedeuten hatte, wenn schon nicht freiwillig, dann eben im Schlaf.

Nachdem sie Horn in ihren Plan eingeweiht hatte, warteten sie, bis Schlappi und Herr Locke tief und fest schliefen. Dann kletterte Nickel auf Horns Rücken, der sie zum Sessel flog.

»Und jetzt?«, krächzte er.

»Psst, sei ruhig! Er darf nicht aufwachen!«

»Erst soll er aufwachen, dann nicht. Vielleicht sollte ich singen, damit er nicht aufwacht.«

»Nein, jetzt nicht. Sei still.«

Horn, der nicht ganz verstanden hatte, was Nickel im Schilde führte, wandte sich beleidigt ab. Nickel näherte sich Herrn Lockes Ohr und flüsterte:

»Holm! Holmi! Holm! Nur du kannst helfen! Die Unsterblichkeit befreien! Nur du kannst helfen, Holm! Südafrika!«

Herr Locke wurde unruhig und drehte sich weg, als wolle er das nicht hören.

»Marry!«, stöhnte er. »Ich kann dir nicht helfen. Ich bin zu alt und zu schwach. Marry, bitte verzeih, Marry!«

»Das muss eine Lady sein!«, krächzte Horn. »Und die ist in Gefahr!«

»Psst!«, zischte Nickel.

»Wir müssen sie retten, bei meiner Papageienehre!«

»Nicht jetzt! Warte!«

Nickel näherte sich wieder Herrn Lockes Ohr und flüsterte weiter.

»Wer ist Marry? Was ist die Unsterblichkeit?«

»Nein!«, rief Herr Locke da. »Ich konnte dir nicht helfen! Der einzige Fall, den ich nicht lösen konnte, ausgerechnet deiner! Marry, es tut mir so leid! Wer konnte die Unsterblichkeitsformel stehlen? Ich konnte es nicht herausfinden und jetzt bin ich dafür zu alt.«

Wieder liefen ihm Tränen über die Wangen, und Schlappi wurde unruhig.

»Heilige Kokosnuss, natürlich werden wir helfen und nicht heulend im Sessel rumsitzen!«

»Horn, bitte! Das bringt jetzt nichts! Er redet doch nur im Schlaf.«

»Er redet und heult! Wir müssen ihn wecken! Oder die Lady selbst retten, so wie wir das Pupsetier gerettet haben.«

»Bist du etwa ein Zugvogel und bringst uns bis nach Afrika?«

»Von wegen Zugvogel!«, zischte Horn. »Freiwillig hätte ich den Dschungel ganz sicher nicht verlassen und außerdem war es ein Schiff, jawohl, und sicher kein Zug!«

»Na siehst du. Dann lass uns jetzt schlafen gehen, bevor Schlappi wach wird. Morgen muss Herr Locke uns dann alles erklären.«

Horn gab schließlich nach, brachte Nickel zurück zu ihrer Kiste und flatterte selbst hoch auf seine Stange. An Schlaf war aber nicht zu denken.

»Meine Barthaare zittern so sehr, dass mir ganz schwindelig wird«, sagte Nickel.

»So muss es sein«, krächzte Horn. »Das wird ein Spaß in Afrika!«

Weil Schlappi schon wieder im Schlaf knurrte, schwiegen sie und warteten sehnsüchtig auf den Sonnenaufgang, um Herrn Locke endlich auszufragen.

3. Kapitel:

Eine Perle für Afrika

Völlig übermüdet schliefen Nickel und Horn doch noch ein und wachten erst auf, als Frau Perle die Wohnung betrat. Sie wollte gleich mit Schlappi rausgehen, aber der lotste sie erst einmal in die Küche.

»Was hast du denn, mein Hasihundilein?«, fragte Frau Perle. »Willst du etwa, dass ich meine Schürze schon anziehe?«

Schlappi bellte bestätigend.

»O weh!«, piepste Nickel. »Wir haben den Brief nicht zurückgelegt.«

Frau Perle dachte zum Glück nicht an den Brief. Um Schlappi zu beruhigen, zog sie die Schürze unter ihren Mantel und eilte ihm dann hinterher aus der Wohnung.

»Und jetzt?«, krächzte Horn.

»Du legst den Brief auf den Küchenboden, als wäre er aus der Schürze gefallen, und dann müssen wir Herrn Locke wecken.«

Horn sauste mit dem Brief los. Angewidert sah er die Erbsensuppenflecken auf dem Boden, die er auf die Schnelle aber nicht entfernen konnte.

»Jetzt komm! Wir müssen Herrn Locke kitzeln!«, rief Nickel von nebenan.

Als Horn auf der Sessellehne landete, war sie schon damit beschäftigt, dem Detektiv einen Hausschuh auszuziehen.

»Verfaulter Käsefuß, was machst du da?«, krächzte Horn.

»Jetzt hilf mir doch! Wir müssen ihn kitzeln, damit er aufwacht. Er reagiert sonst überhaupt nicht.«

Horn war nicht ganz wohl bei der Sache, aber er sprang trotzdem von der Lehne. Gemeinsam zogen sie den Hausschuh von Herrn Lockes Fuß, dann auch noch die dicke Wollsocke.

»Puh!«, stöhnte Horn. »Dann viel Spaß mit dem Fuß!«

Nickel trat zurück, um ihm Platz zu lassen.

»Du musst ihn mit deinen Federn kitzeln.«

»Pfui Teufel! Erst Sahnetorte, dann Erbsensuppe und jetzt Käsefüße?«

»Bitte, mach schnell. Sie kommen gleich zurück.«

Horn zögerte, hielt sich dann mit einem Flügel den Schnabel zu und streckte den anderen zögerlich in Richtung des Fußes, den er kaum berührt hatte, als der Detektiv schon zusammenzuckte.

»Ha ha, hi hi!«

Horn sprang zurück.

»Weiter! Noch ist er nicht wach«, rief Nickel, die Herrn Locke beobachtete.

Wieder streckte Horn den Flügel aus und fuhr mehrmals mit den Federspitzen über die Fußsohle des alten Herrn.

»Hohoho, hihi, haaahahahaha!«, lachte Herr Locke und Horn fand langsam Gefallen an dem Spiel.

»Wie in Papua Neuguinea, wo sie die Gefangenen so lange kitzelten, bis sie verrieten, wo die Schätze liegen!«

»Ja, mach weiter!«, piepste Nickel.

Horn widmete sich noch einmal dem Fuß.

»Ho hi, hihi, huhuuuuuu!«

Schnell flatterte er hoch vor Herrn Lockes Gesicht.

»Was steht in dem Brief? Wer ist die unsterbliche Marry, die wir retten werden? Raus mit der Sprache, sonst wird gekitzelt!«

»Horn, bitte! Wie redest du denn mit Herrn Locke?«

Der alte Herr schüttelte den Kopf und öffnete die Augen.

»Was ist denn los?«, fragte er verwirrt. »Was ist denn jetzt schon wieder los und wer kitzelt mich da?«

»Das war ich!«, rief Horn. »Weil Sie endlich aufwachen und uns alles erzählen müssen, jawohl! Sonst gibt's Killikilli!«

Herr Locke hob sein Bein und musterte verwundert seinen nackten Fuß.

»Das war meine Idee«, piepste Nickel. »Wir wussten nicht, wie wir Sie sonst wecken sollen. Und jetzt hol mich bitte hoch, Horn!«

»Würdet ihr mir bitte verraten, was hier los ist?«, fragte Herr Locke.

»Ich habe Sie geweckt!«, krächzte Horn. »Was für ein geniales Manöver!«

»Wir haben den Brief gelesen«, sagte Nickel.

»Was habt ihr?«

Plötzlich war Herr Locke hellwach.

»Sie waren so traurig«, piepste Nickel. »Und Ihre Freundin braucht unbedingt unsere Hilfe! Nur wissen wir immer noch nicht, worum es genau geht.«

»Also wirklich«, sagte Herr Locke. »Was ist das für ein Durcheinander? Erst die Sirene, dann diese Torte, dann der Brief. Dann weine ich und rede im Schlaf und werde wach gekitzelt. Und das, obwohl ich mich schonen soll!«

»Also wirklich!«, rief Nickel glücklich, weil sie merkte, dass Herr Locke sich ein bisschen über all das amüsierte.

»Schonen können Sie sich mit hundertfünfzig!«, krächzte Horn.

»Tja, aber dieser Brief ist wirklich eine traurige Angelegenheit«, sagte Herr Locke wieder ganz ernst.

»Wegen dieser Marry?«

»Sie heißt Marry Curry und ist eine berühmte Forscherin, und ihr Fall ist der einzige, den ich nie lösen konnte. Damals habt ihr noch nicht bei mir gelebt.«

»Klar, dass Sie den Fall dann nicht lösen konnten!«, rief Horn. »Aber jetzt sind wir ja da, karamba!«

»Bitte, Horn, lass Herrn Locke erzählen.«

»Es ist zu spät. Marry hatte die Formel der Unsterblichkeit entdeckt, die ihr dann aber aus ihrem fest verschlossenen Labor gestohlen wurde. Ein unmögliches Verbrechen, aber es ist doch geschehen, und ich konnte es nicht aufklären. Jetzt hat sie den Dieb offenbar in Afrika aufgespürt und ist selbst in Gefahr. Arme Marry! Nur weil ich ihr nicht helfen konnte, und jetzt bin ich zu alt.«

»Und wenn noch ein zweiter Brief von ihr kommt?«, fragte Nickel.

Herr Locke zeigte auf das Datum des Poststempels. Der Brief war schon Monate unterwegs. Nickel wollte ihm trotzdem Mut machen, aber da bellte Schlappi vor der Tür, der Schlüssel klackte im Schloss und Frau Perle stand wieder im Zimmer.

»Regt mir bloß Herrn Locke nicht wieder so auf!«, rief sie streng im Vorbeigehen. Noch im Mantel eilte sie in die Küche und fand den Brief erleichtert auf dem Fußboden. Neugierig, wie sie war, hatte sie die ganze Nacht darüber gegrübelt, was den Detektiv so aus der Fassung bringen konnte. Schnell zog sie den Zettel aus dem Umschlag. Sie las die wenigen Zeilen und ging zurück ins Wohnzimmer.

»Seit wann lesen Sie meine Post?«, fragte Herr Locke.

»Seit Ihre Post Sie so unglücklich macht«, sagte Frau Perle, ganz rot vor Verlegenheit. »Außerdem bin ich Ihre Sekretärin. Erklären Sie mir, was das hier soll?«

»Er wird in Afrika gebraucht!«, krächzte Horn. »Das soll das hier.«

»Sie werden in Afrika gebraucht?«, fragte Frau Perle und lächelte plötzlich von einem Ohr zum anderen.

»Natürlich nicht. Was soll ich da, in meinem Alter?«

»Also bitte, Herr Locke! Sie sind doch noch ganz jugendlich! Ich könnte Sie mit dem Hund begleiten. Dann schaffen Sie das allemal. Nach Afrika, da wollte ich immer schon einmal hin!«

»Verfaulter Kokosstuss! Sie und der Schlapphund?«, rief Horn und flatterte aufgeregt durch die Gegend. »Wir werden den Fall lösen, aber doch nicht Sie! Sie mussten doch gerade erst selbst aus dem Stadtpark gerettet werden! Da lachen ja die Hühneraugen!«

»Nein, Horn, ihr könnt nicht allein nach Afrika«, sagte Herr Locke. »Wie sollt ihr Marry denn retten?«

»So wie wir das Pupsetier und Frau Perle gerettet haben!«

»Das ist viel zu gefährlich.«

Alle schwiegen. Frau Perle war unsicher, ob sie nicht zu weit gegangen war. Horn war beleidigt. Schlappi begriff nicht, worum es ging.

»Und wenn wir alle zusammen fahren?«, fragte Nickel.

Herr Locke nahm Frau Perle den Brief aus der Hand und las ihn noch einmal mit zitternden Händen. Er faltete den Brief zusammen und wieder auseinander und las ihn noch einmal.

»Gut«, sagte er dann leise.

»Wie, gut?«, fragte Horn.

»Wirklich?«, fragte Frau Perle und Schlappi bellte, weil er spürte, wie sehr sie sich freute.

»Ja, wir fahren nach Afrika«, sagte Herr Locke. »Aber bitte keine Aufregung! Erst einmal müssen wir die Handschrift überprüfen und herausfinden, was das für seltsame Flecken sind.«

Während die anderen noch verarbeiteten, was sie gerade gehört hatten, stand Herr Locke schon auf und ging zu seinem Schreibtisch. Tatsächlich bewegte er sich viel leichtfüßiger als zuvor. Aus dem Regal nahm er den dicken Ordner mit den Handschriftproben und verglich eine mit dem Brief. Die Schrift war tatsächlich die von Marry Curry.

»Würdest du probieren?«, fragte er Nickel und wies auf einige seltsame Flecken auf dem Papier.

Nickel, deren hervorragend ausgeprägter Geschmackssinn ihnen schon früher oft geholfen hatte, eilte herbei

und ließ sich auf den Brief setzen. Dann leckte sie einmal über das Papier.

»Salzig«, sagte sie.

»Nur salzig? Könnte es Schweiß sein?«

»Und ein ganz leichter Pudergeschmack. Französisches Puder, wenn ich nicht irre.«

»Das habe ich befürchtet«, sagte Herr Locke. »Es geht ihr wirklich schlecht.«

»Woher wissen Sie das?«, krächzte Horn.

»Das ist kein Schweiß. Sie hat geweint. Die salzigen Tränen sind über ihre gepuderte Wange gelaufen und auf das Papier gefallen. Sie wusste, dass sie sich in große Gefahr begibt. Wir haben keine Zeit zu verlieren!«

»Jawohl!«, krächzte Horn. »Afrika, wir kommen!«

4. Kapitel:

Über den Wolken unterwegs

Die Aufregung war groß, als sie sich wenige Tage später auf den Weg zum Flughafen machten. Herr Locke war früher oft geflogen, die anderen aber noch nie. Als sie aus dem Taxi stiegen, schauten Frau Perle, Schlappi, Nickel und Horn ängstlich in den Himmel. Große Maschinen donnerten über sie hinweg.

»Seltsame Flügel haben die«, krächzte Horn. »Die sollten die mal lieber bewegen, sonst schaffen sie es nie bis Afrika.«

»Flugzeuge flattern doch nicht mit den Flügeln«, sagte Frau Perle. »Also wirklich!«

»Wollen Sie mir etwas übers Fliegen beibringen?«

»Horn, bitte«, sagte Nickel leise. »Das bringt doch nichts.«

»Trotzdem fliege ich doch lieber selbst, bevor ich in so eine steife Blechkiste steige!«

»Da müsstest du schon ein Zugvogel sein, um es bis Afrika zu schaffen.«

»Pah!«, sagte Horn. »Du immer mit deinen Zugvögeln! Ein Schiffspapagei bin ich, jawohl, aber sicher kein Zugvogel. Merk dir das mal, bitte sehr!«

Erst einmal mussten sie die Koffer aufgeben. Darum kümmerte sich Frau Perle, die sich so von ihrer Flugangst ablenkte. Allerdings gab es ein Problem: Tiere durften nicht mit in den Passagierbereich. Sie mussten im Frachtraum reisen. Schlappi winselte, als er begriff, dass man ihn von Herrn Locke und Frau Perle trennen wollte.

»Keine Tiere?«, fragte Frau Perle. »Das kann ich nicht glauben!«

»Nur Kuscheltiere, leider«, sagte die Frau am Schalter. »So sind die Vorschriften.

Auch Nickel wurde ganz mulmig zumute, aber noch hatte sie niemand in Herrn Lockes Manteltasche bemerkt. Sie hatte eine Idee.

»Versteck dich!«, zischte sie Horn zu. »Wir sind Kuscheltiere!«

»Willst du mich beleidigen?«, krächzte Horn.

»Jetzt mach schon, oder willst du mit Schlappi im Frachtraum fliegen?«

Horn wollte eigentlich gar nicht mit dem Flugzeug fliegen, und wenn, dann sicher nicht mit Schlappi. Er saß auf Herrn Lockes Schulter und versteckte sich in den Locken des Detektivs, während Schlappi in eine Transportbox klettern musste. Herr Locke war bereit, das Spiel mitzuspielen.

»Und die beiden?«, fragte Frau Perle.

»Wie bitte?«, fragte die Frau am Schalter.

»Der Papagei und das Meerschweinchen!«

Die Frau am Schalter sah sich um und musterte Frau Perle verwundert, weil sie weder einen Papagei noch ein Meerschweinchen entdecken konnte.

»Also, Herr Locke, jetzt sagen Sie doch bitte etwas!«, rief Frau Perle.

»Das ist schon in Ordnung so«, sagte der alte Detektiv und signalisierte Frau Perle, dass sie Nickel und Horn nicht weiter erwähnen solle.

»Ich mache die Regeln ja nicht«, sagte die Frau am Schalter entschuldigend und klebte einen Aufkleber auf Schlappis Kiste. »Sie können Ihren Hund dann am Zielort wieder in Empfang nehmen.«

Schon sauste die Kiste den Koffern hinterher auf dem Fließband davon. Schlappi jaulte verzweifelt. Frau Perle hielt sich erschrocken die Hand vor den Mund.

»Mein Hasihündchen, keine Sorge!«, rief sie. »Wir sehen uns in Afrika!«

Als von Schlappi nichts mehr zu sehen und zu hören war, gingen Frau Perle und Herr Locke mit Nickel und Horn in Richtung der Sicherheitskontrolle. Sie mussten in einer langen Schlange warten.

»Da siehst du mal, wie gut du es mit mir getroffen hast«, krächzte Horn. »Noch nie musstest du Schlange stehen oder durch eine Sicherheitsschleuse, wenn du mit mir geflogen bist! Diese Flugzeuge sind wirklich das Allerletzte!«

»Sei leise«, piepste Nickel. »Sonst werden wir noch entdeckt.«

Neugierig lugte sie aus der Manteltasche und bat Herrn Locke, sie kurz auf seine andere Schulter zu setzen. Was sie von dort aus sah, ließ ihre Barthaare ängstlich zittern. Mehrere Sicherheitsleute durchsuchten jeden Fluggast einzeln mit wild fiependen Geräten.

»Was machen die denn da?«, fragte sie.

»Das ist ein Metalldetektor. Jeder Passagier wird nach Waffen oder Bomben durchsucht«, sagte Herr Locke. »Das dient der Sicherheit.«

»Von wegen Detektor! Sie sind jawohl der Detektiv«, krächzte Horn. »Da wäre ja niemals auch nur ein einziger Matrose aufs Schiff von Captain Gurkennase gekommen! Zur Sicherheit ohne Waffen, dass ich nicht lache!«

»Ich glaube, hier geht es um etwas anderes«, sagte Nickel und wühlte sich auch in Herrn Lockes Haare. »Und jetzt müssen wir still sein!«

Nachdem Herr Locke seinen Mantel und sämtliche Dinge aus Metall abgelegt hatte, musste er durch einen Metalldetektor gehen. Nickel verfolgte alles aufgeregt und plötzlich begannen ihre Barthaare wie verrückt zu zittern: Sie waren verloren, aber es war zu spät! Herr Locke trat in den Detektor, der sofort lospiepte. Sie mussten zu einem Sicherheitsmann, der den Detektiv mit einem Handdetektor noch einmal absuchte. Als er über den Lockenkopf fuhr, fiepte es noch lauter als vorhin. Nickel biss die Zähne aufeinander, so sehr schmerzte es in ihren empfindlichen Meerschweinchenohren.

»Haben Sie etwas aus Metall im Kopf?«, fragte der Sicherheitsmann. »Ich müsste da bitte einmal tasten.«

Ehe Nickel und Horn begriffen, wie ihnen geschah, stießen zehn Finger in Gummihandschuhen zu ihnen durch, tasteten hin und her und packten sie schließlich.

»Wir sind Kuscheltiere«, flüsterte Nickel noch schnell, bevor sie ins gleißende Licht gerissen wurden. Verwirrt blickte der

Sicherheitsmann von Herrn Locke zu Nickel und Horn und zurück.

»Ähem«, räusperte sich Herr Locke. »Das sind meine Kuscheltiere. Kuscheltiere sind doch an Bord erlaubt, oder nicht?«

Nickel und Horn stellten sich weiter tot.

»Kuscheltiere schon, aber die müssen bitte durchleuchtet werden.«

Kopfschüttelnd trat der Sicherheitsmann mit Nickel und Horn in den Händen an das Durchleuchtungsgerät, aber das konnte Herr Locke natürlich nicht zulassen. Die Strahlen waren viel zu schädlich!

»Bitte nicht«, rief er dem Sicherheitsmann hinterher. »Die beiden Kuscheltiere, also, die sind noch lebendig.«

Mittlerweile waren auch die anderen Sicherheitsleute aufmerksam geworden und verfolgten den Auftritt des seltsamen älteren Herrn.

»Ihre Kuscheltiere sind lebendig?«, fragte der Sicherheitsmann.

»Ganz genau«, schaltete sich jetzt Frau Perle ein. »Und deshalb gehören die auch in den Frachtraum!«

»Da haben Sie wohl recht«, stimmte Herr Locke ihr zu.

Der Sicherheitsmann zwinkerte mit den Augen, als glaube er nicht, was er sah und hörte. Am Ende zuckte er mit den Schultern und überreichte Herrn Locke die beiden immer noch völlig reglosen Tiere.

»Na dann, frohes Kuscheln«, sagte er und wandte sich ab.

Herr Locke und Frau Perle mussten noch einmal zurück an den Schalter. Dort wurden Nickel und Horn nach Vorschrift in zwei getrennte Käfige verfrachtet. Horn wollte protestieren. Wenn er nicht alleine zurückbleiben wollte, musste er aber wohl oder übel in diesen Käfig und in den Frachtraum des Flugzeugs.

»Karamba«, krächzte er. »In Djibouti haben sie mich vier Wochen bei verschimmeltem Korn und brackigem Wasser in ein Verlies gesperrt.«

Er klang selbst nicht ganz überzeugt, aber auch Nickel wusste, dass sie keine andere Wahl hatten. Schnell verabschiedeten sie sich von Herrn Locke und fügten sich in ihr Schicksal.

Die Käfige sausten auf dem Fließband los, dass ihnen schwindelig wurde. Erst durch einen Plastikvorhang, weiter durch Dunkelheit und gleißendes Licht, bis sie auf einem Tisch landeten und von einem Mann in leuchtender Weste nach draußen und schließlich in den stockfinsteren Frachtraum des Flugzeugs getragen wurden. Dann war es plötzlich ganz ruhig.

»Du, Horn?«, piepste Nickel.

»Ja, was denn?«

»Tut mir leid.«

»Was tut dir leid?«

»Dass wir hier sind.«

»Und was, bitte, kannst du dafür?«

»Meine Brille«, sagte Nickel kleinlaut. »Ich habe vergessen, dass meine Brille aus Metall ist. Deswegen hat der Detektor uns entdeckt.«

»Algenschleim und Möwendreck! Detektor detektiert Detektive. Da hättest du Schlauschweinchen auch früher dran denken können!«

»Deswegen entschuldige ich mich ja.«

Ehe Horn noch etwas sagen konnte, hörten sie Schlappis Bellen. Der Hund hatte ihre Stimmen erkannt.

»Ahoi, Schlappohr«, seufzte Horn. »Freut mich auch, dich zu hören.«

»Sehr rührend, aber jetzt bitte Ruhe, ich schlafe«, zischte eine Stimme, die Nickel das Blut in den Adern gefrieren ließ. So redeten nur Schlangen.

»Und wer spricht da, gefälligst?«, krächzte Horn verunsichert.

»Mama Mamba«, zischte die Schlange. »Zwei Meter zwanzig, falls es dich interessiert.«

»Keine Angst, Kollege«, ertönte eine andere Stimme. »Die kommt nicht aus ihrem Käfig. Wir reisen öfters zusammen. Ich hab auch im Dunkeln alles im Blick. Gestatten, Mucki Koboldmaki.«

Horn übersetzte schnell für Nickel, die wissen wollte, warum manche Tiere öfters zusammen durch die Weltgeschichte flogen.

»Na ja«, erklärte Mucki Koboldmaki. »Man wird halt verkauft

und reingeschmuggelt, dann entdeckt und rausgeflogen, damit man dann wieder verkauft und reingeschmuggelt wird. Keine Chance zu entkommen. In drei Wochen bin ich wieder bei diesem schrecklichen Zirkus, obwohl ich noch nicht mal aus Afrika stamme. Die Menschen haben eine Schwäche für seltene Tiere, aber so richtig interessieren wir sie gar nicht.«

»Und du, Mama Mamba?«, fragte Horn.

»Immer bei irgendwelchen gelangweilten Reichen, für die ich dann Unmengen Meerschweinchen verputzen muss, obwohl ich dieses plüschige Fell nicht ausstehen kann«, zischte die Schlange. »Und jetzt Ruhe, bitte!«

Nickel hätte gerne noch mehr erfahren, aber da ertönte plötzlich ein ohrenbetäubender Lärm und alles fing an zu ruckeln. Immer lauter dröhnte es, und immer wilder wackelte alles, bis es plötzlich nur noch laut war. Das Flugzeug hatte abgehoben. Nickel presste die Pfoten auf ihre Ohren und versuchte sich zu beruhigen. Horn hingegen gefiel das Fliegen mit dem Blechvogel immer besser. Zu gerne hätte er gewusst, wie dieses Flugzeug das ganz ohne Flattern machte.

5. Kapitel:

Schiffbruch im Wiesenmeer

Afrika schien auf den ersten Blick nicht so anders, dass sich die Strapazen des Fluges gelohnt hätten. Die Käfige mit Mucki, Mama Mamba, Schlappi, Nickel und Horn sausten auf Fließbändern unter Neonröhren hindurch und landeten schließlich unsanft in einer schummrigen Kammer. Nichts passierte.

»Sie haben uns vergessen«, piepste Nickel.

»Hallo?«, krächzte Horn. »Herr Locke! Frau Perle! Hier sind wir!«

Auch Schlappi bellte laut. Der Koboldmaki schlief tief und fest, nur die Schlange wälzte sich gelangweilt in ihrem Käfig. Nickel wollte die Zeit nutzen.

»Frag sie doch mal, ob sie von dieser Billy-Biltong-Ranch und der Unsterblichkeitsformel gehört hat«, sagte sie zu Horn.

»Ich kümmere mich eher um die Sterblichkeit«, zischte Mama Mamba und kicherte.

»Dafür müsstest du Riesenwurm wohl erst mal aus deinem Käfig raus«, krächzte Horn. »Also? Hast du was gehört oder nicht?«

»Die reichen Menschen reden von nichts anderem«, seufzte

Mama Mamba gelangweilt. »Wie kann man nur so eine Angst vor dem Sterben haben und selbst dauernd Fleisch essen? Wer frisst, darf doch wohl auch gefressen werden.«

»Das heißt, du frisst nur Fleischfresser?«, fragte Horn.

»Ich sagte ja bereits, dass ich nicht glücklich bin, wenn die Menschen mir Meerschweinchen servieren.«

»Und haben diese Menschen nun diese Formel oder die berühmte Forscherin Marry Curry erwähnt?«, hakte Nickel nach, die nicht weiter darüber reden wollte, wie ihre Artgenossen von dieser Schlange gefressen worden waren.

»Und wenn? Warum sollte ich euch das sagen? Was könnt ihr mir bieten? Ich habe langsam wirklich Hunger«, zischte die Schlange und wandte sich in Richtung des Käfigs, in dem Schlappi ängstlich winselte.

»Den willst du fressen?«, krächzte Horn.

»Auf keinen Fall!«, piepste Nickel.

Horn kratzte sich mit seinem Brillenbügel unter dem Flügel, um besser nachdenken zu können.

»Er isst tatsächlich eine Menge Fleisch, am liebsten Bouletten«, sagte er dann. »Oder, Nickel?«

Mama Mamba schoss der Speichel so stark ins Maul, dass man es hören konnte. Schlappi jaulte panisch.

»Frau Perle serviert ihm nur bestes Fleisch, nur vom Allerfeinsten, jawohl!«, krächzte Horn. »So ein leckeres Hasihündchen!«

»Horn, bitte!«, zischte Nickel.

»So zart und so würzig!«

»Horn, hör auf!«

»Oh ja!«, züngelte Mama Mamba. »Dafür sollt ihr gerne wissen, dass ich von dieser Ranch westlich der Straße nach Bolawana in den Antilopenhügeln gehört habe.«

»Du hast davon gehört?«, fragte Horn.

»Jawohl, da lebt der Mann mit der Unsterblichkeitsformel, aber noch hat ihn niemand gefunden. Und jetzt bitte, ich habe so einen furchtbaren Hunger!«

Schlappi drängte sich ganz hinten in seinen Käfig, die Schlange öffnete probeweise schon einmal ihr Maul.

»Hehe!«, lachte Horn. »Keine Panik, Schlappohr! Denkst du wirklich, dass wir dich verfüttern, nur weil du uns gelegentlich gehörig auf die Nerven gehst?«

»Du hast geblufft!«, seufzte Nickel vollkommen durcheinander.

»Aber, hallo! Auch Detektive können von Piraten lernen«, sagte Horn und plusterte sich auf.

»Betrug!«, zischte Mama Mamba. »Betrug!«

Wütend versuchte die Schlange, den Käfig zu sprengen. Tatsächlich bogen die Gitterstäbe sich immer weiter nach außen. Schlappi saß zwar noch in seinem Käfig, aber wenn die Schlange erst einmal frei wäre, würde der ihm kaum helfen. Die Erleichterung war deshalb groß, als die Tür aufging und Frau Perle in den Raum gestürzt kam.

»Mein Hasihund, da bist du ja! Hattest du einen guten Flug?«, rief sie und eilte zu Schlappis Käfig. Verwundert bemerkte sie sein ängstliches Kläffen.

»Ja, was hast du denn? Was ist denn nur los?«, fragte sie.

»Wenn Sie sich nicht beeilen, wird er gleich gefressen, das ist los«, krächzte Horn. »Die Schlange hinter Ihnen ist ein wenig hungrig.«

»Welche Schlange? Was redest du denn für einen Unsinn?«

Als sie sich umdrehte, schrie sie so laut, dass Nickel sich zurück in das lärmende Flugzeug wünschte.

»Hiiiiiiilfeeeeeeee!«, kreischte Frau Perle.

Herr Locke kam durch die Tür geeilt und erkannte sofort den Ernst der Lage. Er holte Nickel und Horn aus ihren Käfigen und befreite auf Nickels Bitte hin auch den Koboldmaki. Dann eilten sie mit Frau Perle und Schlappi nach draußen, wo schon ihre Koffer warteten. Unterdessen war der Koboldmaki aufgewacht und Horn fragte, wo sie ihn absetzen sollten.

»Gerne in einer dunklen Ecke«, sagte Mucki und schirmte seine großen Augen ab. »Ich schau dann später, wie ich weiter nach Hause komme. Vielleicht muss ich diesmal ja nicht zurück in den Zirkus.«

Kaum hatten sie den Koboldmaki verabschiedet und sich auf den Weg zur Autovermietung gemacht, wurde plötzlich Alarm ausgelöst. Über Lautsprecherdurchsagen wurde vor einer Schwarzen Mamba gewarnt, die sich frei im Flughafen bewege.

»Karamba, wir sollten die Segel setzen«, krächzte Horn. »Könnte sein, dass sie die Verfolgung aufgenommen hat.«

Frau Perle stürmte los, sodass Schlappi an seiner Leine durch die Luft hinterherflog. Als Nickel Herrn Locke erklärte, was vorgefallen war, rannte auch der für sein Alter erstaunlich schnell durch den Flughafen. Erleichtert erreichten sie ihren Mietwagen, den Frau Perle durch die Stadt hinaus aufs Land steuerte.

»Die Straße Richtung Bolawana!«, krächzte Horn.

»Woher willst du das denn bitte wissen?«, fragte sie.

»Weil ich das Hasihündchen sicher nicht als Futter angepriesen hätte, wenn es nicht der Lösung unseres Falls dienlich gewesen wäre.«

»Du hättest ihn verfüttert!«

»Na ja, ich habe geblufft. Ich habe ihn als Köder benutzt. Wir wussten doch nicht, wo diese Billy-Biltong-Farm liegt.«

»Mein armes Schlappilein! Was hat er wieder mit dir gemacht?«

»Ich hatte alles unter Kontrolle, so sicher wie Captain Gurkennase nie vom Kurs abkam, wenn er nicht gerade zu viel Rum getrunken hatte.«

»Würdest du mir bitte erklären, wovon du da redest«, fragte Herr Locke irritiert.

Nickel erzählte die ganze Geschichte und bestätigte, dass Schlappi zu keinem Zeitpunkt ernsthaft in Gefahr gewesen sei.

»Alle Achtung«, sagte Herr Locke. »Eine äußerst raffinierte Zeugenbefragung.«

»Jawohl!«, krächzte Horn. »Dass mir keiner mehr sagt, ich hätte es nur in den Flügeln! Und jetzt volle Kraft voraus in Richtung Bolawana und in die Antilopenhügel!«

Bald war nur noch verdorrtes Gras auf den Hügeln rechts und links der Straße zu sehen. Horn meinte, sie pflügten durchs Meer.

»Sogar Delfine gibt es!«, rief er.

»Das sind Springböcke«, sagte Frau Perle, die sich bestens vorbereitet hatte.

»Sage ich doch! Sie springen wie Delfine! Landdelfine sozusagen, Ahoi! Die bringen Glück!«

Nach einigen Stunden wurden sie immer langsamer, bis das

Auto nur noch ausrollte und schließlich stehen blieb. Der Motor ließ sich nicht mehr starten. Herr Locke warf einen Blick unter die Motorhaube, aber er konnte nichts machen.

»Oh weh!«, piepste Nickel.

»Mastbruch auf hoher See«, krächzte Horn. »Sieht aus, als bräuchten wir doch noch meine Flatterflügel.«

Herr Locke wollte nichts davon hören. In der Wildnis musste man zusammenbleiben. Bald würde ein anderes Auto kommen, aber darauf warteten sie vergeblich.

»Wir können ja eine kleine Runde drehen«, piepste Nickel. »Was soll uns hier schon passieren?«

»Jawohl!«, krächzte Horn. »Fertig machen zur Flugspähung!«

Schließlich gab Herr Locke nach. Horn ließ Nickel auf seinen Rücken klettern und flatterte los.

»Kommt schnell zurück!«, rief Herr Locke.

»Schnell wie der Wind!«, rief Horn. »Was so ein Flugzeug kann, das kann ich schon lange.«

»Was meinst du?«, fragte Nickel, aber da hatte Horn seine Flügel schon ausgebreitet und glitt dahin. Er imitierte die Geräusche des Flugzeugs.

»Brrrrrrrrrrrrummmmmmmm … Ganz ohne Flattern, jawohl! Brrrrrrrrummmmm …. Wär doch gelacht, wenn ich das nicht auch könnte!«

»Horn, bitte!«, piepste Nickel. »Wir stürzen ab!«

»Papperlapapp und keine Sorge. Überlass mir das Fliegen und schau du, wo wir hier eine Autowerkstatt finden.«

6. Kapitel:

Pinke Möwen, zahme Löwen

Kurz bevor sie landeten, war Horn dann doch wieder bereit, seine Flügel zu bewegen. Sie steuerten geradewegs auf einen Löwen zu. Der lag zwar faul unter einem Busch, aber das musste ja nicht so bleiben. Sie sausten knapp über seine gewaltige Mähne und gewannen wieder an Höhe.

»Sollten wir Herrn Locke nicht warnen, dass es hier Löwen gibt?«, fragte Nickel.

»Frau Perle weiß doch sowieso alles besser«, sagte Horn. »Deshalb sitzen sie doch im Auto.«

Da hatte Horn recht. Nach der Begegnung mit Mama Mamba würde Frau Perle sicherlich nicht unbedacht handeln. Sie zogen immer größere Kreise um das Auto, aber abgesehen von dem einen Löwen war nur vertrocknetes Gras zu sehen. Horn schwitzte kräftig in der Sonne, und lange würde er nicht mehr weiterfliegen können. Landen wollten sie aber auch nicht. Wer wusste schon, was sich da noch für Tiere versteckten? Nickel hielt weiter Ausschau und entdeckte nach einer Weile einen großen Vogelschwarm.

»Die müssen wir fragen!«, rief Nickel.

»Mit Schwarmvögeln reden?«, ächzte Horn. »Keine Chance.«

»Wir müssen es versuchen!«

Horn seufzte, nahm seine letzten Kräfte zusammen und flog in Richtung der Vögel. Je näher sie kamen, desto deutlicher wurde, dass es kein ganz gewöhnlicher Vogelschwarm war. Er strahlte leuchtend pink in der Sonne.

»Ich halluziniere«, stöhnte Horn. »Pinke Möwen! Das gibt es noch nicht mal im Dschungel.«

»Schneller!«, rief Nickel. »Das sind Flamingos! Wir müssen mit ihnen mithalten.«

»Aye, aye, Captain, wir gehen längsseits!«

Horn versuchte, sich in den Schwarm der großen, langschnabeligen Vögel mit dem bunten Gefieder einzureihen.

»Hallo!«, rief Nickel. »Wisst ihr, wo es hier eine Autowerkstatt gibt?«

Die Flamingos beachteten sie gar nicht und flogen einfach stur geradeaus.

»Hallo!«, rief Nickel noch einmal, aber Horns Kräfte ließen nach. Er konnte mit den flinken Vögeln nicht mithalten.

»Sag ich doch: Schwarmvögel«, keuchte er. »Kannst du vergessen. Die kennen nur sich.«

Er flog eine Kurve und steuerte zurück in Richtung des Autos. Der Löwe lag noch immer im Schatten des Buschs.

»Und wenn wir den Löwen fragen?«, sagte Nickel.

»Ja, klar! Ich würde unbedingt gerne gefressen werden. Mama Mamba hat mir richtig Lust darauf gemacht!«

»Wir können doch kleine Kreise über ihm ziehen.«

»Wir?«

»Na ja, du natürlich. Ein Flugzeug kann das nicht.«

»Allerdings!«, krächzte Horn und gab noch einmal alles. »Da hast du allerdings recht.«

Der Löwe schlief und schnarchte. Horn flog immer engere Kreise und rechnete jeden Augenblick damit, dass die Raubkatze hochspringen und sie fressen würde. Aber der Löwe rührte sich nicht.

»Hallo!«, rief Horn außer Atem. »Hallo! Aufwachen!«

Der Löwe bewegte sich immerhin ein klein wenig und drehte sich auf den Rücken, die Tatzen in der Luft.

»Komischer Löwe«, sagte Nickel.

»Der faulste Pelz von Afrika, würde ich sagen. Oder ein teuflisch guter Hinterhalt. Wie damals, als Captain Gurkennase uns die Segel zerreißen ließ, damit die anderen sich in Sicherheit wähnten. Und dann, zack! Ersatzsegel hoch und volle Kraft voraus.«

Der Löwe öffnete ein Auge und riss sein Maul gähnend weit auf. Die spitzen Zähne funkelten weiß im Sonnenlicht. Nickels Barthaare zitterten.

»Was ist denn das für ein Krach? Kann man denn nicht mal seine Ruhe haben?«, rief der Löwe verzweifelt. »Ich bin so müde, so unglaublich müde!«

»Den Eindruck habe ich allerdings auch«, krächzte Horn.

»Könnten Sie uns vielleicht sagen, wo man hier ein Auto reparieren lassen kann?«

Der Löwe schüttelte verwundert den Kopf, blickte sich um und entdeckte schließlich Nickel und Horn hoch oben in der Luft.

»Was soll denn dieses Geflatter?«, fragte er dann. »Das macht mich ganz nervös.«

»Schon klar, dass Sie uns lieber in Ihrem Maul hätten, aber nicht mit uns!«

»Warum so ängstlich?«, fragte der Löwe und setzte sich auf. »Wer hat denn Angst vor einem zahmen Löwen?«

»Von wegen, zahme Löwen! Gibt es nicht!«

»Und Papageien und Hamster mit Brillen?«

Horn drehte noch eine Runde, weil ihm dazu nichts einfiel.

»Ich bin kein Hamster«, protestierte Nickel.

»Das ist jetzt nicht das Problem.«

»Aber es ist die Wahrheit, so viel Zeit muss schon sein!«

»Von mir aus«, stöhnte Horn, »Meine Freundin ist ein Meerschweinchen.«

»Eine Brille trägt sie trotzdem«, sagte der Löwe. »Und wenn ihr weiter in der Hitze rumflattern wollt, von mir aus. Hilfe für euer Auto findet ihr jedenfalls im Dorf.«

»Im Dorf? Was für ein Dorf?«

Der Löwe stand jetzt auf allen vieren und schüttelte den Kopf.

»Touristen«, sagte er verächtlich.

»Von wegen! Wir sind Detektive! Wir müssen zur Billy-Biltong-Ranch.«

Mit schiefgelegtem Kopf versuchte der Löwe, Nickel und Horn zu mustern, was ihm nicht gelang, so wild flatterte Horn um ihn herum.

»Zur Billy-Biltong-Ranch?«

»Jawohl! Wir lösen jeden Fall, und sicher auch diesen. Nur ist unser Auto leider auf Grund gelaufen, dort hinten, wie Sie sehen.«

Der Löwe fuhr sich mit einer Tatze durch die Mähne, als müsse er nachdenken. Er seufzte und gähnte.

»Bleibt lieber bei eurem Auto«, sagte er. »Hier gibt es wilde Tiere.«

Dann lief er voller Eleganz los und verschwand zwischen den Gräsern.

»Hallo? Was soll denn das?«, rief Horn empört.

»Ich glaube, er holt Hilfe«, sagte Nickel. »Vielleicht gibt es ja wirklich zahme Löwen. Gibt ja auch Katzen, die keine Vögel jagen.«

»Sprach die Amsel und wurde erdrosselt«, krächzte Horn.

Er war völlig erschöpft und wollte landen, fürchtete aber immer noch eine List und kämpfte sich zurück bis zum Auto. Mit allerletzter Kraft flog er durchs offene Fenster und landete auf dem Lenkrad.

»Wo wart ihr denn nur? Wir haben uns Sorgen gemacht!«, rief Frau Perle.

»Erst bei den pinken Möwen, dann bei dem zahmen Löwen«, seufzte Horn. Er war erleichtert, endlich gelandet zu sein.

»Was redest du denn für einen Unsinn?«

»Von wegen Unsinn! Genauso war's.«

»Das stimmt«, sagte Nickel zu Herrn Locke, der wie fast alle Tier- und Menschensprachen auch Meerschweinisch verstand, obwohl er es nicht sprechen konnte. »Der zahme Löwe läuft ins Dorf und holt Hilfe.«

Herr Locke sah seine beiden Hilfsdetektive besorgt an, weil er fürchtete, dass sie sich einen Sonnenstich geholt hatten.

»Ein zahmer Löwe und pinke Möwen«, murmelte er vor sich hin.

»Piraten-Ehrenwort!«, krächzte Horn.

»Sie glauben ihm das?«, rief Frau Perle.

So stritten sie noch eine Weile, bis das Geräusch einer rostigen Pumpe sie aufschreckte. Sie erschraken gleichermaßen, als sie direkt hinter der Autoscheibe den Kopf des Löwen neben dem Kopf eines Esels sahen.

»Ein zahmer Löwe«, stellte Herr Locke fest.

»Wieso zahm?«, fragte Frau Perle mit zitternder Stimme.

»Sonst hätte er den Esel längst verspeist.«

Frau Perle, Schlappi, Nickel und Horn zweifelten zum ersten Mal an Herrn Lockes Verstand, als er einfach aus dem Auto stieg. Ängstlich verfolgten sie, wie er den Esel und den Löwen begrüßte. Sie beruhigten sich erst, als sie den Jungen sahen, der kurz darauf ans Fenster klopfte.

»Seid gegrüßt, Reisende! Mein Name ist Themba, wir schleppen euch ab!«

Schon sprang er vor das Auto und befestigte ein Seil an der Stoßstange. Das andere Ende des Seils legte er dem Esel um. Nachdem Herr Locke sich wieder ins Auto gesetzt hatte, klopfte Themba dem Esel auf den Rücken. Das Tier setzte sich in Bewegung und zog das Auto mühelos hinter sich her.

So kamen sie schließlich in ein kleines Dorf, in dem lauter Löwen herumliefen, so wie zu Hause Katzen. Themba erklärte, dass sie keine Angst haben

mussten, Löwen und Menschen lebten hier friedlich zusammen. Das Auto brachten sie zu seinem Vater, der meinte, auf das Ersatzteil müsse man einige Tage warten. Solange wären sie als Gäste willkommen. Daraufhin bezogen sie eine kleine Hütte, vor der Themba am Abend ein Feuer machte und köstliche Früchte für sie briet.

»Nelson sagt, ihr sucht die Billy-Biltong-Ranch«, sagte Themba nach dem Essen.

»Du verstehst Löwisch?«, fragte Horn.

»Ja, ich kann mit den Löwen reden. Wir hier können das alle. Aber von der Ranch solltet ihr euch fernhalten. Dort hausen böse Geister.«

»Beim Klabauterhahn! Zahme Löwen und böse Geister!«, krächzte Horn. »Dieses Afrika ist rätselhafter als alle Weltmeere. Das müssen wir morgen erkunden!«

7. Kapitel:

Auf bebendem Boden

Als Nickel und Horn am nächsten Morgen aufbrechen wollten, hielt Herr Locke sie zurück. Er wollte lieber auf die Reparatur des Autos warten, um dann mit ihnen gemeinsam zur Billy-Billtong-Ranch zu fahren. Davon wollte Horn nichts hören.

»Und warum, bitte sehr?«, krächzte er. »Ist Ihre Freundin plötzlich nicht mehr in so dringend drängender Gefahr? Hätten wir doch nicht mit diesen flügelsteifen Blechvögeln fliegen müssen?«

»Doch, natürlich«, sagte Herr Locke. »Aber ihr habt doch gehört, was Themba gesagt hat.«

»Und seit wann glauben Sie an Geister? Mir haben Sie noch gesagt, dass es keine Klabautermänner gibt!«

»Natürlich glaube ich nicht an Geister und Klabautermänner, weil es die nicht gibt. Aber wenn Menschen von Geistern reden, gibt es dafür meist eine Erklärung. Deshalb fürchte ich, dass es auf dieser Ranch wirklich gefährlich sein könnte, wenn auch aus anderen Gründen.«

Horn flatterte aufgeregt durch die Hütte, landete dann auf einem Balken und schüttelte den Kopf.

»Also wirklich, Herr Meisterdetektiv. Natürlich ist es dort gefährlich! Oder dachten Sie, ein völlig harmloses Mäuschen hätte ihre werte Freundin mal eben gefangen genommen und ließe sich jetzt von ihr den Nacken kraulen?«

»Du hast ja recht«, sagte Herr Locke. »Wir müssen so schnell wie möglich zu ihr. Vielleicht sollten wir doch sofort alle losziehen. Wir könnten uns den Esel ausleihen.«

»Sie ganz sicher nicht!«, rief da Frau Perle, die versuchte, aus den seltsamen afrikanischen Gemüsesorten eine Suppe zu kochen. »Ohne Auto lasse ich Sie hier nicht weg!«

»Wir könnten ja erst einmal einen Erkundungsflug machen«, sagte Nickel. »Diese Geister, die keine Geister sind, werden ja sicher nicht fliegen können.«

»Natürlich können Gespenster fliegen!«, widersprach Frau Perle.

»Jetzt fangen Sie nicht auch noch mit Gespenstern an!«, krächzte Horn und befahl Nickel aufzusteigen. »Wir haben hier schließlich einen Fall zu lösen.«

Nachdem sie Herrn Locke versprochen hatten, bei Sonnenuntergang wieder zurück zu sein, trat Themba in ihre Hütte. In seinen Händen hielt er einen Lederriemen, an dem eine schwarze Perle hing.

»Wenn ihr schon fliegen müsst, nehmt das wenigstens mit«, sagte er und wollte Horn den Riemen um den Hals binden. Nickel beruhigte den lauthals protestierenden Papagei. Schaden würde ihnen so eine Perle sicherlich nicht.

»Aber schleppen muss ich sie!«, ächzte Horn.

Schließlich nahm Frau Perle die Perle an sich.

Um das Dorf herum war nichts als verdorrte Steppe. Bald schon kamen am Horizont die Antilopenberge in Sicht. Allerdings waren sie viel weiter entfernt, als es den Anschein hatte. Horn stöhnte in der immer heißeren Sonne, und auch Nickel fühlte sich nicht wohl. Hier war alles so fremd. Als dann auch noch die Erde zu beben anfing, bekam sie es mit der Angst zu tun.

»Du Horn«, piepste sie. »Meine Barthaare zittern. Ist das ein Erdbeben?«

»Solange es kein Luftbeben ist, interessiert mich das nicht die Bohne«, ächzte er.

»Aber was ist das denn?«

Nickel beobachtete die Erde unter ihnen und entdeckte mit einem Mal eine riesige Staubwolke.

»Es ist wirklich ein Erdbeben!«, rief sie. »Wir müssen Herrn Locke und die anderen warnen!«

»Du bleibst bitte mal ruhig sitzen, bei Neptuns Ohrenschmalz! Erst willst du mit fliegenden Schwarmtieren reden und jetzt vor rennenden Schwarmtieren fliehen. Das lernt man auf hoher See! Schwärme unter Wasser erkennen. Ich glaube, du hältst dich lieber an Einzelgänger.«

»Schwärme?«

»Das sehe selbst ich ohne Brille, dass das Pferde sind. Gestreifte Pferde. Erinnern mich irgendwie an diese Straßenüberquerungen ohne Ampel in der Stadt.«

»Du meinst Zebrastreifen? Du meinst, das sind Zebras? Ein Zebraschwarm? Heißt das dann nicht Herde?«

»Algenschleim und Möwendreck, wen interessiert denn, wie das heißt! Eine Menge dummer Tiere jedenfalls.«

»Wovor fliehen sie denn? Das muss ja eine schreckliche Gefahr sein!«

»Papperlapapp! Fluchttiere fliehen andauernd.«

»Lass uns trotzdem lieber nachschauen.«

Seufzend gab Horn nach und steuerte sie geradewegs in die Staubwolke hinein, aus der sie kurz darauf hustend und mit verdreckten Brillen wieder auftauchten. Jetzt hatte auch Nickel die Zebras gesehen, die völlig panisch dahinrasten. Sie wischte ihre Brille mit einer Pfote sauber und entstaubte dann Horns Gläser. Auch bei klarer Sicht konnten sie keinerlei Gefahr ausmachen.

»Sag ich doch. Die brauchen keinen Grund, um zu fliehen«, krächzte Horn.

»Ich weiß nicht«, piepste Nickel. »Sie wirken völlig verängstigt. Vielleicht gibt es hier ja doch Geister. Woher sollen wir wissen, was es in Afrika gibt und was nicht?«

»Ja und? Dann gibt es halt Geister«, stöhnte Horn. »Glaubst

du, Captain Gurkennase hätte sich eine fette Beute entgehen lassen, nur weil da ein paar Geister in einer Höhle waren?«

Verärgert nahm Horn wieder Kurs auf die immer noch viel zu weit entfernten Berge.

»Da!«, rief Nickel plötzlich. »Ein Geist!«

Tatsächlich sauste unter ihnen etwas in Richtung der fliehenden Zebras.

»Du hast es nicht anders gewollt«, rief Horn. »Wir greifen an! Attacke!«

»Nein, bitte nicht«, schrie Nickel, aber da hatte Horn schon die Flügel angelegt und sauste dem Geist hinterher.

»Stehenbleiben!«, brüllte Horn mit seiner wildesten Piratenstimme. »Fertig machen zum Entern!«

»Horn, das ist nicht lustig!«, rief Nickel panisch.

»Das ist ein Überfall!«, schrie Horn in verschiedenen Sprachen, und der Geist blieb tatsächlich stehen.

Der Staub legte sich.

Unter ihnen stand ein seltsamer großer Vogel und musterte sie mit aufmerksamen Augen. Horn landete in sicherer Distanz, weil er nicht wusste, was dieses Tier von Papageien und Meerschweinchen hielt. Er hatte noch nie einen Vogel Strauß gesehen. Da er Federn erkannte, wählte er eine weit verbreitete Vogelsprache, um sich und Nickel vorzustellen.

»So so, Detektive«, sagte der Strauß. »Und mich, N'schnelli III., haltet ihr für einen Geist?«

»Sie«, sagte Horn und nickte

in Richtung Nickel. »Ich nicht. Aber trotzdem nicht schlecht, dein Tempo. Darf man fragen, warum du nicht fliegst, obwohl du Federn hast?«

»Zu anstrengend bei meiner Größe«, sagte N'schnelli.

»Und warum jagst du Zebras?«, fragte Nickel.

N'schnelli schüttelte den Kopf.

»Erst hält sie mich für einen Geist, dann für einen Fleischfresser. Komische Detektivin.«

»Aber du hast sie doch gejagt!«

»Bisschen Sport«, sagte N'schnelli. »Die Löwen hier sind zahm, deshalb werden die Zebras faul. Ich trainiere sie für den Fall der Fälle. Ich selbst brauch das ja nicht.«

»Was brauchst du nicht?«

»Wegrennen.«

»Und wieso nicht?«

»Weil ich den Kopf in den Sand stecke. So.«

Schon hatte N'schnelli seinen Kopf im Sand vergraben. Nickel und Horn sahen sich fragend an, aber da stand der Strauß schon wieder aufrecht da.

»Und dann greift dich niemand an?«

N'schnelli steckte gleich noch einmal den Kopf in den Sand und sah sie dann wieder an.

»Würdet ihr jemanden angreifen, der den Kopf in den Sand steckt, wenn er euch sieht?«

»Du meinst, das ist ein Trick?«

»Absolut! Einfach mal ignorieren, das jagt jedem Angst ein. Tief in die Augen gucken, dann Kopf in den Sand. Klappt immer. Und für den Notfall habe ich meine Wunderwaffe.«

»Und die wäre?«

»Die ist unsichtbar, wie Gespenster.«

Horn wurde langsam wütend. Er hatte das Gefühl, dass dieser N'schnelli sich über sie lustig machte. Aber die Gefechtsstrategie war doch interessant, so etwas war ihm in all den Jahren mit Captain Gurkennase noch nicht begegnet.

»Und wie machst du das? Wenn du angegriffen wirst und dein Kopf-in-den-Sand-Manöver geht in die Hose?«

Der Strauß hüpfte grinsend von einem Bein aufs andere. Er schien sich köstlich zu amüsieren.

»Wollt ihr das wirklich wissen?«

»Ich weiß nicht«, schaltete Nickel sich ein. »Vielleicht ist es gefährlich.«

»Eine unsichtbare gefährliche Wunderwaffe, da lachen ja die Möwen«, krächzte Horn. »Soll er doch mal zeigen, was er kann. Also?«

»Also gut«, sagte N'schnelli nur und steckte seinen Kopf noch einmal in den Sand. Nichts weiter passierte, aber diesmal blieb der Strauß einfach so stehen. Horn wollte ihm schon auf den Flügel klopfen, als die Erde plötzlich wieder bebte und ein ohrenbetäubendes Knattern erklang. Sofort war die Luft erfüllt von einem ekelhaften Gestank.

»Aufsitzen! Rückzug! Rückzug!«, krächzte Horn.

»Ein Pups!«, stöhnte Nickel. »Die unsichtbare Wunderwaffe ist ein Pups! So einen hat noch nicht einmal Pupsi hinbekommen.«

Schnell sprang sie auf Horns Rücken. Unten sahen sie N'schnelli den Kopf in die Höhe recken und schallend lachen.

»Und grüßt mir die Gespenster!«, rief er und rannte selbst den Zebras hinterher.

Bald stand die Sonne im Zenit, die Antilopenberge aber lagen immer noch in weiter Ferne. Nickel und Horn mussten sich eingestehen, dass sie es bis zum Sonnenuntergang nicht zurück ins Dorf schaffen würden. Es sei denn, sie kehrten jetzt um.

»Vielleicht haben wir morgen mehr Glück«, sagte Nickel.

»Papperlapapp!«, krächzte Horn, der immer noch wütend war. »Ich lasse mich doch von so einem Spaßvogel nicht daran hindern, einen Fall zu lösen!«

»Ich weiß nicht«, sagte Nickel unsicher.

»Du glaubst ja auch an Geister.«

»Tu ich nicht!«

»So, so«, sagte Horn und beachtete Nickel nicht weiter.

»Tu ich wirklich nicht!«, rief Nickel wütend.

»Und die Zebras? Vor wem sind die weggelaufen?«

»Ich habe es nur in Erwägung gezogen, weil Themba es gesagt hat.«

Horn hob und senkte weiter seine Flügel ohne vom Kurs abzuweichen. Nickel war eingeschnappt. Schließlich war sie die Vernünftige und Kluge!

»Vielleicht hast du ja auch nur Angst, dass auf der Billy Billtong-Ranch Gespenster sind«, sagte Horn. »Huibuuuuuuu! Nickelchen muss nach Hause!«

»Du bist gemein. Dann flieg eben weiter. Du glaubst an Klabautermänner und Inselgeister, aber ich sicher nicht! Ich glaube nur an die Wissenschaft.«

Horn flog schweigend in Richtung der Berge.

Die Sonne näherte sich allmählich dem Horizont. Die Antilopenberge glühten rot auf, dann fiel die Dunkelheit plötzlich auf die Erde wie ein schwarzes Tuch. Als sich seine Augen daran gewöhnt hatten, erblickte Horn einen grauen Felsen in der Steppe.

»Land ahoi! Eine vorgelagerte Insel! Fertig machen zum Anlegen!«

Auch Nickel war erleichtert, dass sie nicht irgendwo in der Steppe landen mussten. Wer konnte schon wissen, welche Tiere hier noch hausten? Hier oben hatte sie zumindest das Gefühl, ein wenig geschützt zu sein. Gleich nebenan entdeckte sie sogar eine Höhle im Felsen.

»Hierher, Horn! Hier ist eine gemütliche Höhle!«, rief sie.

Ehe Horn antworten konnte, bebte die Erde schon wieder. Alles schaukelte. Verzweifelt klammerte Nickel sich an einen Strauch, der in der Höhle wuchs. Plötzlich hing sie in der Luft, und es ging immer höher.

»Horn!«, schrie sie. »Horn! Hilfeeeeee!«

Von Horn aber war nichts zu hören. Dafür ertönte ein ohrenbetäubender Lärm, ein brausendes Sausen, das Nickels Ohren klingeln ließ. Endlich kam die Erde wieder zur Ruhe. Sie versuchte sich in der Dunkelheit zu orientieren und konnte sich

zum Glück an einem dicken Ast festhalten, der weiß im Licht der Sterne schimmerte.

»Horn?«, fragte sie leise.

»Von wegen«, sagte eine tiefe Stimme. »Elfenbein.«

»W … wie, wie bitte?«

»Mein Stoßzahn, an dem Sie sich festhalten, ist nicht aus Horn, sondern aus Elfenbein.«

»Ach so, ja klar«, stammelte Nickel und dachte nach. Warum sprach dieser Felsen die Sprache der Rüsseltiere? Da auf dieser Insel Elfenbein wuchs und der Felsen so wie alle Meerschweine, Schweine und Elefanten Rüsseltierisch sprach, musste es sich um einen Elefanten handeln. »Entschuldigen Sie bitte. Ich meinte

meinen Freund Horn. Er ist ein Papagei. Haben Sie ihn gesehen? Mein Name ist Nickel.«

»Hier bin ich!«, krächzte Horn und landete auf dem Kopf des Elefanten.

»Oh, hallo Horn«, rief Nickel erleichtert. »Da ist der Freund, den ich gesucht habe.«

»Wer auch immer Sie sind und was auch immer Sie suchen, finden Sie es in Ordnung, einen alten Elefanten einfach zu wecken? Glauben Sie, so werde ich hundert Jahre alt?«

»Das war ein Versehen. Entschuldigen Sie bitte. Wir dachten, Sie wären ein Felsen«, sagte Nickel.

»Schlaf ist auch nicht das Entscheidende«, sagte Horn. »Bewegung und gute Ernährung sind wichtiger.«

»Und woher wissen Sie das?«, fragte der Elefant.

»Aus Erfahrung. Ich schlüpfte vor achtundneunzig Jahren aus dem Ei. In einem Nest im Amazonasdelta. Mir können Sie glauben.«

»Was ich glaube, ist meine Sache.«

»Aber natürlich«, beruhigte Nickel den Elefanten, an dessen Stoßzahn sie noch immer hing. »Es tut uns, wie gesagt, schrecklich leid.«

»Papperlapapp! Er kann froh sein, dass wir ihn geweckt haben! Das wird sein Leben verlängern!«

»Horn, bitte! Und jetzt hol mich hier ab.«

»Was heißt hier bitte? Erst pupst uns dieser Spaßvogel an und jetzt meint der Jungspund, mir was übers Altern erzählen zu müssen. Verfaulte Kokosnuss, in diesem Afrika spinnen doch alle!«

Der Elefant schnaubte und Nickel meinte im wenigen Licht zu erkennen, dass er seinen Rüssel gegen sie richtete.

»Wie hast du mich genannt, du Federvieh?«

»Horn! Jetzt komm!«

»Nur keine Panik!«

Etwas hilflos flatterte Horn vor dem Elefanten herum, weil er Nickel nicht sehen konnte.

»Hier bin ich! Hier!«

Nickels Barthaare zitterten wie wild. Schnell nahm sie ihre Brille und hielt sie so ins Licht der Sterne, dass Horn sie endlich entdeckte. Kaum saß sie auf seinem Rücken, wurden sie von einem Windstoß gepackt, der sie durch die Luft wirbelte. Horn hielt Nickel sicher in den Krallen. Der Elefant blies feste hinter ihnen her, bis sie schließlich unsanft auf der Erde landeten.

»Und jetzt Ruhe!«, trompetete er in weiter Ferne.

»Selber Ruhe!«, krächzte Horn, der sich zum Glück nichts gebrochen hatte.

»Lass ihn«, sagte Nickel und klopfte sich den Staub aus dem Fell. »Wir müssen uns schnell ein ruhigeres Nachtlager suchen.«

8. Kapitel:

Ein Wal auf vier Beinen

Von Ruhe konnte keine Rede sein. Ganz im Gegenteil! Unheimliche Geräusche erfüllten die Finsternis. Es knisterte und schnaubte, piepste und fauchte, aber zum Glück schien niemand zu bemerken, dass Nickel und Horn ziemlich verloren in der afrikanischen Nacht herumstanden. Damit das so blieb, flüsterten sie.

»Hast du schon mal so viele Sterne gesehen?«, fragte Nickel. »Da fühlt man sich ganz schön verloren hier unten.«

»Von wegen verloren! Jede Nacht sieht man so viele und noch viel mehr, wenn man auf See ist«, antwortete Horn. »Ohne diese Wegweiser würde man sich ja glatt verfahren. Ohne die Sterne wäre man verloren.«

»Heißt das, du kannst an den Sternen sehen, wo wir langgehen müssen, um zu der Farm zu kommen?«

»Na ja«, räusperte sich Horn und legte den Kopf in den Nacken. »Um die Navigation kümmerte sich Captain Gurkennase persönlich, aber ich denke, die Antilopenberge liegen unter dem Sternzeichen der Antilope.«

»Gibt es das denn wirklich? Davon habe ich noch nie gehört. Ich kenne nur den Großen Bären, Fische und Steinbock. Vielleicht heißt Steinbock in Afrika ja Antilope.«

»Du schlaues Schweinchen kommst wirklich auf alles«, sagte Horn. »Natürlich ist das genau so! Also, wo ist die Steinbock-Antilope? Ihr nach!«

So aufmerksam sie den Himmel auch absuchten, fanden sie nichts, was einem Steinbock auch nur entfernt ähnelte. Dafür hatten sie nach einer Weile Nackenschmerzen.

»Vergorene Kokosnuss«, schimpfte Horn. »Wie soll man mit diesen Landsternen auch navigieren?«

Nickel versuchte, das Zittern ihrer Barthaare unter Kontrolle zu bringen. Vergeblich. Als plötzlich lautes Heulen über die Steppe hallte, sprang sie zu Horn und klammerte sich an ihn.

»W... was w... war das? G... gibt es hier d... doch Gespenster?«

Horn wusste zwar aus seiner Kindheit, dass es in der Natur nachts ziemlich laut werden kann, aber so etwas hatte er noch nie gehört. Auf das Jaulen folgte ein Lachen. Nickel zitterte am ganzen Leib.

»Ich habe so eine schreckliche Angst«, sagte sie. »Ich will nicht in ein Gespenst verwandelt werden.«

»Pscht«, machte Horn. »Ich

dachte, du glaubst nur an die Wissenschaft. Dann lass mich gefälligst zuhören!«

Horn hatte nach der ersten Verwunderung nämlich erkannt, dass die Sprache, in der gejault und gelacht wurde, stark an Hundisch erinnerte.

»Verstehst du, was die Geister sagen?«, fragte Nickel.

»Von wegen Geister! Das sind ziemlich seltsame Hunde.«

»Hunde? Natürlich! Dann müssen es Schakale sein!«, rief Nickel erleichtert. »Und was jaulen sie?«

Horn hörte ganz genau hin. Plötzlich zuckte er zusammen.

»Möwendreck und Algenschleim! Sie suchen einen Papagei und ein Meerschweinchen.«

»Du meinst, sie suchen uns?«

»Hast du hier irgendwo noch andere Papageien und Meerschweinchen gesehen?«

»Nein, natürlich nicht. Wie schrecklich! Und das Lachen?«

»Da besprechen sie, was sie mit uns anstellen werden. Fürchte, wir sitzen in der Falle. Vielleicht sollten wir unsere Köpfe in den Sand stecken wie dieser Spaßvogel. Und kräftig pupsen.«

Nickel fing sofort an, im Sand zu buddeln, obwohl sie sich nicht vorstellen konnte, wie sie im Sand atmen sollte. Dieser Strauß hatte sie sicher nur auf den Arm genommen. Das konnte doch keine Lösung sein.

»Vielleicht sollten wir uns lieber ganz einbuddeln und ein Loch zum Atmen lassen«, sagte sie. »Man kann seinen Kopf doch gar nicht in den Sand stecken.«

Sie buddelte einfach weiter, und schließlich machte Horn mit, weil er keine bessere Idee hatte, wie sie diese Nacht überstehen

sollten. Als das Graben nicht mehr so leicht ging, nahm Nickel ihre Brille zur Hilfe und löste dicke Brocken mit dem Spezialbügel. Horn schleppte die Brocken weg, bis sie eine Grube gegraben hatten, in die sie beide passten. Horn legte sich zuerst hin und Nickel bedeckte ihn mit Erde und Sand. Dann kletterte sie neben ihn und versteckte sich selbst, indem sie die Brille zur Hilfe nahm. Sie atmeten durch zwei kleine Löcher und waren keinen Moment zu früh fertig. Das nächste Jaulen erklang aus unmittelbarer Nähe.

»Sie haben unsere Spur gewittert«, flüsterte Horn.

»Pscht«, machte Nickel. »Wir müssen leise sein.«

Sie hörten Schritte. Nickel schnupperte und erkannte, dass

es sich um eine Gruppe Schabrackenschakale handeln musste. Herr Locke war oft mit ihr in den Zoo gegangen, damit sie alle Tiere kennenlernte. Leider brachte ihr das Wissen jetzt gar nichts. Sie zitterte so sehr, dass sie fürchtete, schon dadurch entdeckt zu werden. Tatsächlich kamen die Schritte und das Schnüffeln immer näher und sie wusste, dass die Erde ihren Geruch nicht überdecken konnte. Sie waren verloren. Horn sah das genauso, denn er verstand, dass die Schakale schon darüber stritten, wie sie ihre Beute aufteilen würden. Er wollte gerade zu einer letzten verzweifelten Attacke blasen, da erklang ein noch scheußliche-res Lachen. Die Erde erzitterte und die Schakale flohen panisch. Nickel sollte recht behalten. Themba hatte sie nicht ohne Grund vor Geistern gewarnt. Vorsichtig hob Horn den Kopf und sah im Schein des Mondes ein gigantisches Monster mit weit aufgerissenem Maul stehen. Riesige Zähne leuchteten weiß in der Dunkelheit, und wieder erklang dieses unheimliche röchelnde Lachen. Es erinnerte ihn entfernt an den Gesang der Wale auf hoher See.

»Nickel«, flüsterte er. »Ich glaube, da steht ein Wal auf vier Beinen. Ein Monster, das Walisch spricht.«

Nickel hob den Kopf aus der Erde und erblickte ein Wesen, das tatsächlich an einen Wal mit Beinen erinnerte.

»Natürlich!«, rief sie dann. »Ein Flusspferd! Flusspferde sind mit Walen entfernt verwandt! Das habe ich in Herrn Lockes Lexikon gelesen.«

Horn konnte sich das beim besten Willen nicht vorstellen, aber Nickel wusste eindeutig Bescheid. Das Tier sprach mehr oder weniger Walisch und schien ihnen helfen zu wollen.

»Besten Dank für die Hilfe«, sang Horn in der Sprache der Wale.

Das Flusspferd zuckte vor Schreck zusammen.

»Gib dich zu erkennen, schnell!«, piepste Nickel.

Horn hätte das Spiel gern weitergespielt, aber er hielt sich zurück und flatterte auf.

»Hier sind wir, entschuldigen Sie. Ich spreche Walisch, bin aber nur ein einfacher Papagei. Horn, mein Name. Da unten sitzt meine Kollegin, Nickel. Wir sind Detektive und suchen die Billy Biltong-Farm. Eine Frau wird dort vermutlich festgehalten.«

Das Flusspferd wandte den Kopf in ihre Richtung und beruhigte sich. Mit schweren Schritten kam es näher.

»So so«, sagte es. »Sehr erfreut. Hippoletta mein Name. Dürfte ich noch einmal fragen, wieso Sie meine Sprache sprechen?«

Horn versuchte eine Erklärung, aber Hippoletta verstand ihn nicht. Nickel schaltete sich ein, und Horn übersetzte das Wesentliche.

»Sie weiß gar nicht, was ein Wal ist!«, sagte Nickel. »Sie weiß gar nichts von ihren riesigen Verwandten!«

Horn erklärte der Flusspferddame, um was für Lebewesen es sich bei den Walen handelte, die ihre Sprache sprachen.

»Und diese Wale singen unter Wasser?«, fragte sie.

»Jawohl! Es war nicht leicht für mich, das zu lernen. Captain Gurkennase, mit dem ich viele Jahre lang sämtliche Weltmeere befuhr und Angst und Schrecken verbreitete, musste mich an den Füßen festhalten und meinen Kopf ins Meer tauchen. Angenehm war das nicht, aber es hat sich gelohnt, karamba! Niemand weiß mehr zu erzählen als die Wale! Sie sollten Ihre Verwandten mal kennenlernen.«

»Das wird wohl leider nichts«, sagte Hippoletta. »Ich vertrage nämlich überhaupt kein Salzwasser.«

»Sehr schade«, krächzte Horn. »Aber ich könnte Ihnen ja ein paar der Geschichten erzählen. Die Nacht ist lang, und Sie haben uns vor diesen Kerlen gerettet.«

»Das wäre natürlich sehr interessant«, sagte Hippoletta. »Aber wollen Sie wirklich hier die Nacht verbringen?«

Horn hielt Rücksprache mit Nickel. Natürlich wollten sie das nicht. Daraufhin forderte Hippoletta sie auf, es sich auf ihrem Rücken bequem zu machen, am besten möglichst nah an den Ohren, damit sie sich trotz des Laufwinds unterhalten konnten.

»Bei welchem Laufwind?«, wunderte sich Nickel.

»Festhalten, bitte!«, rief Hippoletta. »Und erzählen Sie jetzt von diesen Walen.«

Ehe Nickel und Horn recht begriffen, donnerte Hippoletta so schnell durch die Steppe, wie sie es nie für möglich gehalten hätten. Nickel klammerte sich ängstlich ans rechte Ohr, während Horn sich am linken festhielt und von den Walen auf hoher See erzählte. So ging es immer weiter und Horn erzählte Geschichte um Geschichte, bis der Himmel sich in der Morgendämmerung rosarot färbte und es hoch in die Berge ging. Gerade berichtete

er von einem Wal, der einen Menschenjungen verschluckt hatte, der dann in seinem Bauch weiterlebte, als Hippoletta schließlich hinter einer Baumgruppe zum Stehen kam.

»Und was wurde aus dem Jungen?«, fragte sie.

»Der wurde richtig berühmt! Ein gewisser Jona. Bücher wurden über den geschrieben! Den Wal aber haben sie vergessen. So sind diese Menschen. Denken nur an sich!«

»Trotzdem eine gute Geschichte, aber jetzt sind wir leider am Ziel, und ich muss zurück zu meinem Mann. Der macht sich sonst Sorgen.«

Beim Abschied von der Nilpferddame mussten sie an Herrn Locke und Frau Perle denken, die sich nicht weniger Sorgen machen würden. Was blieb ihnen übrig? Der Fall musste gelöst und Marry Curry gerettet werden. Und vor ihnen lag die Billy Biltong-Farm, ein windschiefes altes Holzhaus mit einigen Löchern im Dach. Alles schien verlassen, bis sie den Schaukelstuhl auf der Veranda entdeckten, der sich langsam hin und her bewegte. Auf dem Schaukelstuhl saß ein dürres Wesen mit langen weißen Haaren, so blass, dass es fast durchsichtig war.

»Ein Gespenst«, piepste Nickel. »Themba hatte doch recht.«

9. Kapitel:

Verkopft und ausgestopft

Horn konnte noch so sehr auf Nickel einreden, sie weigerte sich, näher an das Haus und seinen unheimlichen Bewohner heranzuschleichen.

»Bei Poseidumm!«, schimpfte er. »Du glaubst doch nur an die Wissenschaft, und jetzt soll ich, der abergläubische Piratenpapagei, als Geisterjäger losziehen?«

Horn war das gar nicht recht. Er hatte auf hoher See immer wieder Dinge erlebt, die er sich nicht hatte erklären können, und dieses durchsichtige Wesen auf dem Schaukelstuhl war ihm nicht geheuer. Aber sie hatten einen Fall zu lösen.

»Du kannst doch von hinten über das Dach fliegen und mal von oben gucken«, schlug Nickel vor.

»Beim Schnabel meiner Mutter! Wenn das ein Gespenst ist, mein ach so wissenschaftliches Schweinchen, glaubst du, dann wird es mich nicht bemerken? Weißt du nicht, dass Gespenster und Geister in alle Richtungen gucken können?«

»Vielleicht ist es ja gar kein Gespenst. Eigentlich gibt es so etwas doch gar nicht.«

»Verfaulter Kokosstuss! Warum schleichst du dich dann nicht selbst ran?«

So ging es immer weiter hin und her, bis Nickel sich dazu bereit erklärte, mit Horn zusammen von hinten an das Wesen heranzufliegen.

»Einer für eine und eine für einen«, seufzte sie. »Wie die Musketiere.«

»Was für Muskeltiere? Bin ich dir nicht stark genug?«, fragte Horn verärgert.

»Doch doch, natürlich«, beruhigte Nickel ihren Freund. »Die Musketiere waren vier Freunde, die immer zusammengehalten haben.«

»Das schaffen wir zu zweit genauso, karamba! Wer braucht schon Muskelprotze! Aufsitzen, bitte!«

Horn ließ Nickel aufsitzen und näherte sich dem Haus in einem Bogen von hinten, um auf dem Giebel zu landen.

Durch ein großes Loch blickten sie ins Innere des Hauses. Ohne Nickel vorzuwarnen, ließ Horn sich hineinfallen und landete auf einem Balken.

»Horn! Was machst du?«, rief Nickel.

»Lassen wir das Gespenst mal Gespenst sein«, krächzte Horn. »Wir suchen schließlich eine Frau, schon vergessen? Kurs kommt von kurz, war eine von Captain Gurkennases Devisen. Wer den kürzesten Weg nimmt, kann am längsten schlafen.«

»Und du meinst, hier finden wir Marry Curry?«

Nachdem sich ihre Augen an das schummrige Licht gewöhnt hatten, erschraken Nickel und Horn erst einmal gewaltig. In den Wänden des Raumes schienen sich Dutzende Löcher zu befinden, durch die unterschiedlichste Tiere starrten. Löwen und Leoparden mit weit aufgerissenen Mäulern. Zebras, Schakale, Kojoten. Ein Nashorn und ein Elefant.

»Horn?«, flüsterte Nickel. »Ich glaube, wir sind hier nicht willkommen. Warum starren die uns alle so an?«

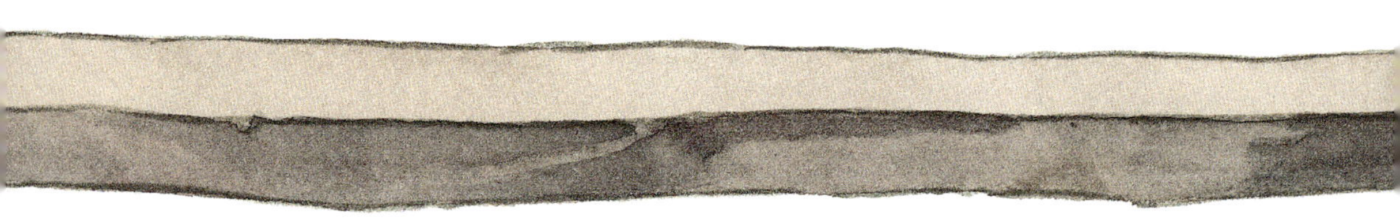

Horn antwortete nicht und flatterte stattdessen einfach los, direkt auf den Löwen zu.

»Horn! Nicht!«, schrie Nickel.

»Köstlich, so ein Papagei!«, brüllte der Löwe und schmatzte. »Und jetzt du, du Hamsterchen!«

»Lass mir was übrig!«, protestierte der Leopard, dessen Stimme merkwürdiger Weise aber aus der Richtung des Löwen kam. Außerdem bewegten beide weder ihre Kiefer noch ihre Augen.

»Das ist nicht witzig!«, rief Nickel empört, weil sie begriffen hatte, dass es keine lebendigen Tiere waren. Die ausgestopften Köpfe toter Tiere hingen an den Wänden. Horn imitierte ihre Stimmen. »Wie kannst du mich so erschrecken?«

»Kleiner Scherz, um dich von den Gespenstern abzulenken«, krächzte Horn und kletterte aus dem Maul des Löwen.

»Hilfe! Ah!«, krächzte er dann aber plötzlich völlig panisch und versteckte sich gleich wieder im Maul des Löwen. Der Giraffenkopf an der gegenüberliegenden Wand hatte sich bewegt.

»Was ist denn?«, fragte Nickel verwirrt.

»Die Köpfe! Sie leben!«

»Unsinn! Die sind präpariert. Ausgestopft. Die sind tot.«

»Von wegen«, sagte die Giraffe.

Nickels Barthaare zitterten wie verrückt.

»Hilfe!«, piepste sie.

»Sie sagt von wegen«, übersetzte Horn und lugte vorsichtig aus dem Maul des Löwen.

Nickel und Horn sahen beide noch einmal genauer hin und begriffen, dass die Giraffe ihren Kopf durch ein offenes Fenster steckte. Die anderen Tiere waren alle tot, die Giraffe aber quicklebendig. Horn beeilte sich der Giraffe zu erklären, weshalb sie hier waren.

»Aha, eine Frau und das ewige Leben«, sagte sie und legte

ihren Kopf schief. »Darauf würde keine Giraffe kommen. Wer will schon ewig seinen Kopf so hoch tragen müssen. Wisst ihr, wie anstrengend das für den Nacken ist? Manchmal möchte ich auch ausgestopft sein. Dann lege ich meinen Kopf hier aufs Fensterbrett und bin in bester Gesellschaft.«

»Aber haben Sie dabei vielleicht eine Frau gesehen? Irgendeine Menschenfrau?«

»Leider nicht«, sagte die Giraffe. »Und jetzt hätte ich gerne meine Ruhe.«

Sie legte ihren Kopf wieder ab und starrte mit offenen Augen in den Raum, regungslos, als sei sie tatsächlich tot und ausgestopft.

»Sind denn alle irre in diesem Afrika!«, fragte Horn. »Wer braucht Gespenster, wenn schon die normalen Tiere auf so bekloppte Ideen kommen?«

Dann flog er endlich zurück zu Nickel auf den Balken, packte sie und glitt mit ihr in Richtung der Tür unterhalb eines Büffelkopfes. Horn landete auf der Klinke. Nickel versuchte, das Schloss mit dem Spezialbügel ihrer Brille zu öffnen, aber vergeblich. Zum Glück erkannte sie, dass die Tür aus verschraubten Brettern bestand. Sorgfältig kratzte sie die dicke Lackschicht ab, um dann mit ihrem Spezialbügel die Schrauben zu lösen.

»Geht es etwas schneller?«, drängte Horn. »Wir leben schließlich nicht ewig!«

Nickel war voll auf ihre Arbeit konzentriert. Endlich hatte sie ein Brett soweit gelöst, dass sie hindurchschlüpfen konnte.

»Komm!«, rief sie.

Mit Mühe zwängte Horn sich durch die kleine Lücke und hüpfte hinter Nickel von Raum zu Raum. Alles war verlassen und von einer dicken Staubschicht bedeckt, die Nickel aufmerksam untersuchte.

»Keine einzige Spur«, sagte sie.

Sie nahm ihren Brillenbügel zu Hilfe, um die Dicke der Staubschicht an verschiedenen Stellen zu messen.

»Bei normaler Verstaubung würde ich sagen, hier wurde seit sieben Jahren nicht geputzt, aber wer weiß, wie das in Afrika ist. Hier war jedenfalls seit Jahren kein Mensch und auch kein Tier.«

Kaum hatte sie das gesagt, sauste ein seltsames Wesen direkt an ihrer Nase vorbei. Nickel sprang zurück und versteckte sich hinter Horn.

»Was ist denn los?«

»H... h... hast du das nicht gesehen? W... w... wieder ein Gespenst!«

Horn wollte nichts mehr von Gespenstern hören und sah sich um. Er konnte keine Spur im Staub entdecken außer der von Nickel.

»Von wegen, seit Jahren kein Tier!«, erklang da von oben eine Stimme. »Spurenlesen scheint nicht eure Spezialität zu sein. Gestatten, Tarzan mein Name. Aiaaaaaa!«

Nickel und Horn blickten auf und entdeckten an einem langen Faden eine ziemlich kräftige Spinne mit Leopardenmuster. Sie sauste an einem Faden über ihren Köpfen durch die Luft.

»Oh«, sagte Nickel und wurde um die Nase rot. »Ich hatte ganz vergessen, nach Luftspuren zu suchen. Das ist alles sehr verwirrend hier in Afrika.«

»Du heißt Tarzan?«, fragte Horn.

»Ich kannte mal einen Menschen, der so hieß. Der schwang an Lianen durch den Dschungel.«

»Wirklich?«, fragte Tarzan. »So ein Zufall! Aber wer seid ihr denn, wenn die Frage erlaubt ist?«

Horn erklärte der Spinne Tarzan, was sie suchten.

»Mit Gespenstern kann ich leider nicht dienen«, sagte Tarzan, an ihrem Faden schaukelnd. »Auch wenn es immer wieder Menschen gibt, die Spinnweben für Geister halten, so ein Unsinn!«

»Und dieses durchsichtige Wesen im Schaukelstuhl?«, fragte Horn. »Was soll das bitte sein?«

»Das ist ein Mensch. Seltsame Wesen sind das, aber keine Geister. Früher lebten hier einige von der Sorte. Was haben die Menschenfrauen geschrien, wenn sie mich gesehen haben!«

Horn übersetzte alles für Nickel, die ganz erleichtert war, dass Herr Locke recht behalten hatte: Es gab immer eine vernünftige Erklärung für Gespenster. Dann bat sie Horn, noch einmal nach einer Menschenfrau im Haus zu fragen.

»Oh, ja!«, rief Tarzan und sauste an ihnen vorbei. »Aber der geht es so schlecht, dass ich sie lieber nicht erschrecke. Der Menschenmann hat sie in den Keller gesperrt.«

»Heilige Kokosnuss! Dann sollten wir sie retten, aber schnell!«, krächzte Horn. »Deswegen sind wir schließlich hier!«

»Unmöglich«, sagte Tarzan.

»Dieses Wort strich Captain Gurkennase schon als Säugling aus seinem Wortschatz. Also mir nach und auf ins Gefecht!«

Schon flatterte Horn mit Nickel in den Krallen in Richtung der Treppe. Die Spinne sauste an ihnen vorbei in die Tiefe.

»Aiaiaiaiaiaiaaaaa!«, hallte es durch das Haus.

10. Kapitel:

Reden mit sprechenden Fäden

Die Spinne Tarzan schien recht zu haben. Der Keller war mit mehreren dicken Türen versperrt. Und nicht nur das: Kaum hatten sie die erste Tür erreicht, hörten sie ein hektisches Keuchen auf der Treppe. Schnell versteckten sie sich in einer Ecke und sahen kurz darauf den fast durchsichtigen Mann mit den langen weißen Haaren eine Tür aufschließen und dahinter verschwinden.

»Oh weh«, flüsterte Nickel. »Hoffentlich tut er ihr nichts! Gibt es denn gar keinen anderen Zugang?«

»Für mich schon«, sagte Tarzan, nachdem Horn übersetzt hatte. »Es gibt einen ziemlich schmalen Schacht auf der anderen Seite. Aber wie soll ich ihr helfen? Ich verstehe ja noch nicht einmal ihre Sprache. Und das vergitterte Fenster geht zum Hof. Das hat er im Blick.«

Nickel wollte sich diesen Schacht trotzdem ansehen, wozu sie in die Küche des Hauses mussten. Hinter dem Herd war ein verrußtes Loch in der Wand, so dunkel, dass darin nichts zu erkennen war.

»Da fliege ich ganz sicher nicht rein«, krächzte Horn. »Kein bisschen flugtauglich, dieses Loch.«

»Für mich kein Problem«, sagte Tarzan. »Seil runter und Aiaiaaaaa! Aber was bringt's?«

»Nichts«, sagte Horn. »Sag ich doch.«

Nickel zeichnete still etwas mit ihrem Brillenbügel auf den Küchenboden.

»So«, sagte sie dann. »So machen wir's!«

»So?«, fragte Horn.

»Wir bauen einen Aufzug für mich, auch wenn ich da wirklich nicht rein möchte. Tarzan muss zwei dicke Fäden spinnen, die wir an den Brillenbügeln befestigen. Dann setze ich mich auf

die Brille, und ihr lasst mich runter. Und dann brauchen wir noch einen dritten Faden, um zu sprechen, ohne dass wir reden müssen.«

»Geht es dir noch gut?«, krächzte Horn. »Sprechen ohne reden mit einem Faden?«

»Natürlich!«, rief Nickel. »Hast du nicht aufgepasst, als Herr Locke uns das Morsen beigebracht hat? Lange Töne, kurze Töne. Lang am Faden ziehen, kurz am Faden ziehen.«

»Und daran kannst du dich noch erinnern?«

Weil Horn alles vergessen hatte, besprachen sie einige wichtige Signale, während die Spinne sich daranmachte, Fäden zu produzieren. Horn beäugte das Ergebnis kritisch.

»Tauriss und Möwenschiss, das wird niemals halten!«, rief er und forderte dreimal mehr Faden, um dann selbst ein Tau daraus zu flechten. Erst dann legte er widerwillig seine Hornbrille ab. Ohne die war er so gut wie blind.

»Gnade dir der Klabauterhahn, wenn du meine Brille zerkratzt!«, murmelte er, als sie die Brille gemeinsam an den Rand des dunklen Loches schoben. Dann befestigte Horn die anderen Enden der Taue an seinen Beinen und entfernte sich vom Loch, bis sie straff gespannt waren. Das Signalseil nahm er in den Schnabel, weshalb er nicht mehr sprechen konnte und Nickel zunickte.

»Mach's gut, Horn«, piepste sie.

Dann schob sie die Brille ganz in das Loch und kletterte hinterher, das Signalseil in der Pfote.

»Jetzt ablassen«, rief sie.

Horn näherte sich Schritt für Schritt dem Loch. Nickel rutschte Stück für Stück tiefer in den Schacht. Bald war es um sie herum stockfinster. Alles war verrußt, aber sie hatten keine andere Wahl.

Als es nicht mehr weiter abwärts ging, tastete Nickel neben den Brillengläsern und war sicher, den Boden des Schachts erreicht zu haben. Ringsum waren schwarze Wände. Dank ihres ausgezeichneten Gehörs vernahm sie leise Stimmen durch die Wand hinter ihr. Sie nahm ihre Brille ab und begann, mit dem Spezialbügel durch den Lehm zu bohren. Sie musste vorsichtig sein, um die Brille nicht zu beschädigen und gleichzeitig nicht bemerkt zu werden. Wieder und wieder drehte sie den Spezialbügel. Lehm rieselte zu Boden. Die Stimmen wurden immer lauter, bis sie deutlich die Stimme eines Mannes verstand. Und was der sagte, ließ ihr das Blut in den Adern gefrieren.

»He, he, he!«, lachte er mit heiserer Stimme. »Bald wird er hier sein, bei Ihnen im Verlies, und dann bin ich der einzige Mensch auf der ganzen Welt, der weiß, dass es die Formel gibt! Wie nett, dass Sie ihm geschrieben haben, he, he! Ich und nur ich und niemand andres als ich wird ewig leben! He! He! Heeeeeeee! Ich werde der älteste Mensch aller Zeiten sein und niemals sterben! Nie wieder werde ich jünger als irgendjemand sein! He! He! Heeeeeee!«

»Das dürfen Sie nicht«, sagte eine Frau. Das musste Marry Curry sein. »Herr Locke ist ein alter Mann. Er hat Ihnen nichts getan. Bestimmt hat er die Formel längst vergessen.«

»Und deshalb haben Sie ihm auch geschrieben, kaum haben Sie mich hier entdeckt! He! He!!!! Erzählen Sie das irgendwem, aber nicht mir. Ich bin Methusalemissimo, der Allerälteste aller Zeiten!«

Nickel hatte genug gehört, um zu wissen, dass sie sofort handeln mussten. Herr Locke durfte unter keinen Umständen herkommen. Es war eine Falle! Aufgeregt zog sie dreimal lang, dann dreimal kurz, dann dreimal lang am Signalseil: S.O.S., das weltweit gültige Notrufsignal. Dann klammerte sie sich mit jeder Pfote an einen Brillenbügel, als es in einem Höllentempo aufwärts ging. Sie wurde hin und her geworfen und stieß immer wieder gegen die Wände des Schachts, bis sie plötzlich den Halt unter den Füßen

verlor und sich nur noch an einem Brillenbügel festklammerte. Mit allerletzter Kraft schaffte sie es nach oben und fiel völlig erschöpft durch das Loch auf den Küchenboden, schwarz wie ein Rabe vom Ruß der Wände. Horn, der auf Nickels Notruf hin panisch losgeflogen war, untersuchte wütend seine völlig verbogene und zerkratzte Brille, ohne sie zu beachten.

»Möwendreck und Algenschleim! Was sind das auch für Taue? Als könnte man mit Spinnenfäden segeln!«, schimpfte Horn außer sich.

»Als könntest du mit deinen Federn ein Netz spinnen!«, schimpfte Tarzan beleidigt zurück. »Was flatterst du auch so hektisch los! Keine Ahnung, wie man mit einem guten Faden umgeht, du Rüpel! Kümmert ihr euch mal schön selbst um eure Menschenfrau. Unverschämtheit!«

»Warte! Er meint das doch nicht so«, rief Nickel, doch die Spinne schwang sich schon aufgebracht davon.

Nickel beobachtete Horn, der versuchte, seine Brille wieder auf den Schnabel zu setzen, und sie konnte ein Lachen nicht unterdrücken.

»Ha! Ha! Sehr komisch!«, krächzte Horn. »Soll ich dir mal deine Brille abwracken, du Schwarzmeerschweinchen?«

Nickel blickte an sich herunter und bemerkte erst jetzt, dass sie tatsächlich komplett schwarz war.

»Oh«, sagte sie. »Das sieht allerdings nicht viel besser aus. Aber warte, ich helfe dir erst einmal mit der Brille. Und dann

müssen wir so schnell wie möglich zu Herrn Locke. Er darf hier nicht herkommen! Das ist eine Falle!«

»Du meinst, ein Hinterhalt? Wird ihm aufgelauert?«, krächzte Horn.

»Genau«, sagte Nickel und half ihm, den Bügel der Brille wieder halbwegs gerade zu biegen und die Gläser zu putzen. »Wir hätten niemals herkommen dürfen.«

»Und die Dame? Marry Curry? Sollen wir die hier lassen?«

»Ich weiß auch nicht. Auf jeden Fall müssen wir Herrn Locke warnen!«

Horn wollte nicht unverrichteter Dinge zurück ins Dorf fliegen, aber schließlich ließ er sich von Nickel überzeugen, dass es keine Niederlage, sondern ein taktisches Manöver war.

»Taktik ist Schnickschnack, war eine von Captain Gurkennases Devisen, aber vielleicht hast du diesmal tatsächlich recht. Also Segel gesetzt und auf zu Herrn Locke!«

Schnell kletterte Nickel auf Horns Rücken, der gerade Anlauf nahm, als plötzlich der Mann in der Küchentür stand, in seiner Hand eine Pistole.

»He! He! Wusste ich doch, dass ich da was gehört hatte. Hände hoch, aber plötzlich! Hier wird scharf geschossen, und zwar mit Chilipulver! He! He!«

»Von wegen Hände! Wer hat denn hier Hände, beim Klabauterhahn!«, krächzte Horn, hob ab und sauste haarscharf am Kopf des Mannes vorbei. Der Knall eines Schusses ließ Nickels Ohren klingeln, aber sie waren draußen. Sie hatten es geschafft, und Horn, der viele Gefechte miterlebt hatte, stob in wilden Kurven davon.

»Puh«, sagte Nickel. »Das war knapp.«

»So ein Versager! Süßwassermatrose! Wenn wir eine Kanone hätten, sähe das hier ganz anders aus!«

»Vielleicht können uns ja die Löwen helfen«, sagte Nickel und wies Horn die Richtung zurück ins Dorf.

Sie hatten die Antilopenberge aber noch nicht hinter sich gelassen, als plötzlich ein riesiger Geier auftauchte und sie angriff.

»Hat man in diesem Afrika denn nie seine Ruhe!«, krächzte Horn und wendete scharf, während Nickel vor Schreck stumm blieb. Dafür zitterte sie umso mehr, als sie den zweiten Geier bemerkte, der von hinten kam. Sie hatten keine Chance. Sie waren umzingelt. Aber die Geier griffen nicht an. Sie zogen nur weiter Kreise um sie.

»Was soll denn das?«, fluchte Horn außer Atem.

»Ich glaube, die essen nur Aas, also tote Tiere«, sagte Nickel. »Vielleicht müssen wir vor Erschöpfung sterben oder verdursten, bevor sie uns fressen.«

»Stimmt das, ihr Schneeköpfe?«, krächzte Horn. »Traut ihr euch nicht, uns bei lebendigem Leibe anzugreifen?«

Die beiden Geier antworteten nicht. Der Anblick ihrer mächtigen Schnäbel und Krallen ließ Horn verstummen. Also flatterte er weiter, so gut er konnte, und begriff nach einer Weile, wohin sie von den Geiern gelenkt wurden: Es ging geradewegs zurück zur Billy Biltong-Farm.

Noch würden sie nicht sterben, aber sie würden Herrn Locke auch nicht warnen können.

»He! He! Heee!«, begrüßte sie der Mann vor dem Haus, die Pistole in seinen Händen. »Mir entkommt keiner! Niemand wird älter als Methusalemissimo! Und jetzt ab mit euch zu eurer Freundin!«

Er stieß sie mit dem Lauf der Pistole an, sodass Nickel und Horn durch die Türen eilten, die hinter ihnen ins Schloss fielen. Vor ihnen saß Marry Curry auf einer Holzpritsche und musterte sie mit traurigen Augen. Sie war verwirrt, was ein Papagei und ein Meerschweinchen bei ihr verloren hatten.

»Gestatten, Nickel und Horn, Detektivbüro Nickel und Horn, vormals Detektei Locke«, krächzte Horn. »Wir sind hier, um Sie zu retten.«

»Ist das wirklich wahr oder träume ich?«, stammelte sie.

»So wahr, wie ich kein Geier bin, Werteste. Wir werden Sie retten! Wir lösen jeden Fall!«

11. Kapitel:

Zusammen gefangen

Das Schlimmste war die Hitze.

Da das Haus an einen Hang gebaut war, befand sich das Verlies nur zu einer Seite hin im Keller, auf die andere Wand knallte die Sonne. So saßen sie zwar nicht im Dunkeln, aber es wurde mit jeder Stunde heißer.

»Dem Kind, bei dem ich früher gelebt habe, wurde immer so eine Geschichte vorgelesen von einer Hexe im Wald, die Kinder in ihren Backofen stecken möchte«, sagte Nickel. »Vielleicht ist dieser Mann ja auch so eine Hexe. Könnte das eine Nebenwirkung der Unsterblichkeit sein?«

»Wenn ich das wüsste«, sagte Marry Curry, die recht passabel Meerschweinisch sprach. »Ich habe sie ja noch nie angewendet. Ich hätte sie gleich vernichten sollen.«

»Warum haben Sie diese Formel denn überhaupt entwickelt?«, fragte Nickel. »Wir übernehmen doch auch keinen Fall, den wir nicht lösen wollen.«

»Weil ihr Detektive seid«, erklärte sie. »Wir Wissenschaftler sind anders. Wir forschen, weil es uns interessiert und wir

Neues entdecken wollen. Viele wichtige Entdeckungen sind so gemacht worden.«

»Allerdings auch nicht so großartige!«, krächzte Horn. »Mein Urururgroßvater musste miterleben, wie dieser Küstenschiffer Kolumbus aus Versehen den Weg zu uns entdeckte und die widerlichsten Krankheiten einschleppte. Der wäre besser mal zu Hause geblieben!«

»Das stimmt natürlich«, gab Marry Curry zu. »Doch auch viele Medikamente, die Menschen und Tieren helfen, sind aus reiner Neugier entdeckt worden. Aber jetzt weiß ich nicht mehr weiter. Ich bin an allem schuld und werde den armen Herrn Locke mit ins Verderben reißen.«

»Und Frau Perle und Schlappi, von uns beiden ganz zu schweigen«, krächzte Horn.

»Horn, bitte! Das bringt doch nichts!«, wies ihn Nickel zurecht.

»War auch nur ein Scherz, weil wir natürlich eine Lösung finden werden. Deswegen sind wir schließlich hier und lassen uns braten. Also denk nach, du kluges Schweinchen! Zwei Wissenschaftlerinnen werden doch wohl einen Ausweg finden.«

Nickel inspizierte noch einmal den Raum und entdeckte das Loch in der Wand, das sie vom Schacht aus gebohrt hatte. Auf diesem Weg würden sie aber nicht entkommen können.

»Und unsere einzige Verbündete hast du vertrieben«, sagte Nickel. »Sonst könnte Tarzan uns vielleicht hochziehen.«

»Auf diese Fädchen können wir gut verzichten!«, krächzte Horn.

»Wer ist denn Tarzan?«, fragte Marry Curry.

Nickel berichtete von der Begegnung mit der Spinne.

»Aber Horn hat recht«, sagte sie. »Auch mit ihrer Hilfe wäre es unmöglich, hier rauszukommen.«

Marry Curry erzählte ihnen, wie die Unsterblichkeitsformel damals aus dem fest verschlossenen Labor gestohlen worden war.

»Man muss nur die richtige Lösung finden«, sagte sie.

»Da haben Sie allerdings recht, Werteste!«, krächzte Horn. »Nur fürchte ich, dass wir uns beim besten Willen nicht komplett in Schweiß auflösen werden, um hier herauszufließen.«

»Natürlich nicht«, sagte sie. »Aber wenn es den Hauch einer

Chance gibt, muss man sie nutzen. Deshalb sollten wir unbedingt versuchen, Tarzan zu erreichen.«

Horn verfolgte skeptisch, wie Marry Curry seine Partnerin vor das dicht vergitterte Fenster setzte, durch das die Abendsonne fiel. Nickel nahm ihre Brille ab und drückte sie an das Gitter, sodass sie die Sonnenstrahlen reflektierte.

»Und was morst du da, bitte sehr?«, krächzte Horn.

»Dass es dir leidtut, dass du sie beschimpft hast«, sagte Nickel.

»Untersteh dich! Überhaupt nichts tut mir leid!«, empörte sich Horn und flatterte auf, um gleich wieder zu landen, so heiß war es.

»Ich glaube, das versteht sie sowieso nicht«, beruhigte ihn Nickel. »Ich mache einfach Zeichen und hoffe, dass sie sich den Rest denkt.«

Nachdem Nickel eine Weile Zeichen nach draußen gesendet hatte, setzte Marry Curry sie wieder auf den Boden. Dann schwiegen sie und schwitzten und schwitzten und schwiegen, bis es endlich dämmerte und etwas kühler wurde. Noch eine Weile später hörten sie, dass die Türen geöffnet wurden, zuletzt auch die zu ihrem Verlies. Der Mann stand da mit zwei Hyänen an der Leine und warf ihnen Brot und eine Plastikflasche Wasser auf den Boden.

»He! He! Sehr hübsch übrigens, euer kleines Lichtkonzert vorhin!«, sagte er. »Zahn und Zahn haben sich köstlich amüsiert.«

Daraufhin lachten die beiden Hyänen und fletschten die Zähne.

»Euch wird das Lachen noch vergehen«, zischte ihnen Horn zu. »Denn wer zuletzt lacht, lacht am besten!«

Dann verriegelte der Mann die Tür. Es war zum Verzweifeln: Nickels Signale waren von den Falschen gesehen worden.

»Das muss aber nicht heißen, dass nicht auch die Spinne die Signale gesehen hat«, sagte Marry Curry.

»Letztlich kann man einen Tropensturm auch in einer Nussschale überstehen«, krächzte Horn. »Es ist nur nicht allzu wahrscheinlich.«

Mehr konnten sie nicht tun. Die Wände waren zu dick, das

Gitter zu eng, Freunde nicht in der Nähe. Deshalb beschlossen sie, die kühleren Stunden der Nacht zum Schlafen und Ausruhen zu nutzen.

»Selbst der beste Wissenschaftler kann nicht in die Zukunft sehen«, sagte Marry Curry. »Deswegen darf man nie aufgeben.«

»So langsam scheint mir, dass ihr Wissenschaftler alle bei Captain Gurkennase gelernt habt. Unmöglich und aufgeben gab's bei dem auch nicht, karamba!«

Am nächsten Morgen stieg die Temperatur rasch wieder an. Die Aussichten hätten schlechter kaum sein können, als sie ein seltsames Quietschen hörten. Horn flatterte sofort auf und landete am Fenster, um seine Brille an das Gitter zu drücken. So konnte er allerdings nichts sehen. Also nahm er die Brille ab und drückte sein Auge direkt ans Gitter. So konnte er besser hindurchblicken, sah ohne Brille aber nur ein verschwommenes Durcheinander.

»Fürchte, du musst das übernehmen«, krächzte er und holte Nickel hoch.

Die nahm gleich ihre Brille ab und presste ihr Auge auf eine der Lücken im Gitter.

»Oh weh! Es ist alles zu spät!«, rief sie.

»Was siehst du denn?«, fragte Marry Curry.

Nickel sah den Mietwagen,

der von zwei Eseln gezogen wurde. Im Wagen saßen Herr Locke und Frau Perle, zwischen ihnen thronte Schlappi. Sie hielten an, blickten sich neugierig um und wollten aussteigen.

»Du musst sie warnen!«, rief Nickel, und da fing Horn auch schon an zu krächzen.

»Herr Locke! Das ist eine hinterhältige Falle! Verschwinden Sie sofort! Rückzug auf allen Ebenen! Die Vorhut wurde aufgebracht! Verschwinden Sie!«

Nickel sah, wie Herr Locke und Frau Perle in ihre Richtung blickten und Schlappi bereits in Richtung des Gitters trabte.

»Nicht, Schlappi! Nein! Ihr müsst fliehen!«, rief Nickel, die ganz vergaß, dass der Hund sie gar nicht verstehen konnte.

Glücklich hechelnd leckte er das Gitter ab, so sehr hatte er sie vermisst.

»Beim Muschelbart des Neptun! Haut ab, verdammt! Du musst Herrn Locke und Frau Perle hier sofort wegbringen!«, bellte Horn ihn an.

Schlappi jaulte, verwirrt und enttäuscht, dass er nicht freudig empfangen wurde. Als ihn jetzt auch noch Frau Perle zurück zum Wagen rief, war er vollends durcheinander. Aber es kam noch schlimmer. Plötzlich stand nämlich der Mann mit seiner Pistole und den Hyänen im Hof. Über ihm kreisten die beiden Geier.

»He! He! Herzlich willkommen, Herr Meisterdetektiv! Ihre Freundin erwartet Sie schon mit Ihren Haustierchen!«

»Verschwinden Sie, sofort!«, krächzte Horn. »Frau Perle, bitte, machen Sie schnell!«

Tatsächlich versuchte Frau Perle, die beiden Esel anzutreiben, das Auto wieder wegzuziehen, bis der Mann in die Luft schoss und die beiden Esel erstarrt stehen blieben.

»Das hätten Sie sich früher überlegen sollen«, lachte der Mann hämisch. »Und jetzt ausgestiegen und ab ins neue Zuhause! He! He! Hier endet die Safari! He! He! Heeeeee!«

Unsicher stiegen Frau Perle und Herr Locke aus. Ruppig stieß der Mann sie und Schlappi zur Treppe und in den Keller. Das Wiedersehen hätte nicht trauriger sein können. Sogar Schlappis Freude war komplett verflogen. Niemand sagte ein Wort. Sie waren verloren.

12. Kapitel:

Rausgekokelt

Schon Marry Curry, Nickel und Horn hatten unter der Hitze im Verlies gelitten. Für Herrn Locke aber war sie lebensgefährlich. Je heißer es wurde, desto mehr sackte er in sich zusammen.

»Mein Gott, Herr Locke! Hätte ich Sie doch nur davon abgehalten, nach Afrika zur reisen!«, rief Frau Perle und tupfte seine Stirn mit ihrem geblümten Taschentuch.

»Sie wollten doch unbedingt auf Ihre Safari!«, krächzte Horn.

»Weil ihr die Briefschreiberin unbedingt retten wolltet!«, gab Frau Perle zurück.

»Ist das wahr?«, fragte Marry Curry.

»Allerdings!«, plusterte Horn seine schweißnassen Federn auf. »Für uns gab es kein Zögern. Wir wären auch alleine hergeeilt. Oder, Nickel?«

»Ja, aber das ist jetzt doch ganz egal«, sagte Nickel. »Wichtig ist, dass wir wieder wegkommen!«

»Nun ja«, widersprach Horn und lief auf und ab. »Man muss schon festhalten, wie es wirklich war, um später davon zu erzählen. Sonst sagt sie nachher, dass sie uns alle gerettet hat! So weit kommt's noch!«

»Ich glaube, wenn wir gerettet würden, wäre auch das nicht so schlimm, oder?«, fragte Marry Curry. »Viele Wissenschaftler haben Entdeckungen gemacht, für die andere gelobt wurden. Wichtig ist die Entdeckung selbst.«

Horn musterte Marry Curry kritisch. Heldentaten vollbrachte man vor allem, um davon zu erzählen, aber das schien sie nicht zu verstehen.

Bald schon hingen alle regungslos auf den Holzpritschen. Umso überraschender kam da der schrille Schrei, den Frau Perle plötzlich ausstieß. Wie eine junge Antilope sprang sie durch den Raum.

»Hilfe!«, schrie sie. »Hilfeeeeeeeeeee!«

Sogar Herr Locke öffnete die Augen und war verwundert, was Frau Perle so erschreckte. Marry Curry versuchte die Haushälterin zu beruhigen.

Schlappi bellte wie verrückt. Horn hielt sich die Ohren mit den Flügeln zu. Nur Nickel lachte, so erleichtert war sie, als sie die Spinne Tarzan an ihrem Faden durch den Raum sausen sah.

»Aiaiaiaaaaaaaa!«, rief sie. »Tarzan ist wieder daaaaa!«

Horn folgte Nickels Blick, nahm die Flügel von den Ohren und flatterte hoch vor Frau Perles Gesicht.

»Es ist nur eine Spinne! Bitte halten Sie endlich ihren Schnabel!«, krächzte er.

»Nur eine Spinne!«, schrie Frau Perle. »Hilfeeee! Ein Monster! Eine Monsterspinne!«

»Ruhe jetzt! Man wird ja seekrank bei diesem Geschrei!«, schrie Horn zurück und wandte sich an Tarzan. »Und du halt dich gefälligst fern von Frau Perle!«

»Erst ruft ihr mich, dann schreit ihr rum«, sagte die Spinne schnippisch und zog sich in Richtung Fenster zurück.

»Kein Grund, gleich wieder beleidigt zu sein«, sagte Horn. »Sehr nett, dass du gekommen bist, auch wenn ich nicht weiß, wozu das gut sein soll.«

Wenig später erklärte ihnen Nickel einen neuen Plan, den sie ausgeheckt hatte.

»Wir müssen gar nicht alle durch den Schacht, versteht ihr?«, sagte sie.

»Und wer soll durch den Schacht?«, fragte Horn.

»Ich. Sonst passt keiner durch. Außer der Spinne Tarzan und die spinnt den Faden.«

»Und dann kletterst du Bergschweinchen da mal eben hoch?«

»Natürlich nicht«, sagte Nickel. »Tarzan

legt den Faden oben über die Lehne eines Stuhls und lässt ihn wieder herunter. Dann könnt ihr mich hochziehen, verstehst du?«

Nickel erklärte ihnen auch den Rest ihres Planes, der am Ende alle überzeugte. Sie hatten keine andere Wahl. Allerdings brauchten sie mehr als einen Faden, um Nickel hochzuziehen. Tarzan meinte betrübt, dass sie so viel Faden auf die Schnelle kaum hinbekommen könne.

»Also, Faden haben wir nun wirklich genug«, flötete Frau Perle. Schon fing sie an, ihre Socken aufzuribbeln.

»Karamba, wie in den Kaschemmen von Surabaya! Wo die Mädels auf den Tresen tanzten!«, krächzte Horn.

»Also wirklich!«, protestierte Frau Perle und wurde rot. »Das ist schließlich ein Notfall!«

Dann machten sich Frau Perle, Tarzan und Marry Curry daran, so viel Faden wie möglich herzustellen, während Nickel und Horn mit ihren Brillen das Loch in der Wand vergrößerten. Sie waren so in ihre Arbeit vertieft, dass sie gar nicht bemerkten, wie Herr Locke aufstand und zu ihnen kam. Als er neben ihren Brillenbügeln plötzlich mit seiner Brille die Wand bearbeitete, waren sie überrascht.

»Beim Klabauterhahn! Herr Locke! Sie sind wieder an Bord!«, rief Horn begeistert.

»Hallo, Herr Locke!«, piepste Nickel überglücklich. »Wir haben uns solche Sorgen um sie gemacht.«

»Ihr schafft das doch alles ganz gut ohne mich«, sagte der alte Detektiv. »Da kann ich doch mal ein Nickerchen machen. Ich dachte nur, dass es etwas schneller gehen könnte.«

Sie buddelten gemeinsam durch die Wand, bis das Loch für Nickel groß genug war. Horn flocht die Fäden zu einem festen Tau, wobei ihm Frau Perle zur Hand gehen wollte.

»Als könnte ein Papagei besser flechten als ich!«, rief sie empört.

»Sie können vielleicht Zöpfe flechten, aber sicher keine Taue!«, entgegnete er.

»Macht es doch einfach zusammen«, schlug Marry Curry vor.

Horn gab schließlich nach, weil hier nicht viel Ruhm zu verlieren war. Bald hatten sie ein ausreichend starkes Tau, an das sie Tarzans Faden banden, den die Spinne mit nach oben nahm, um eine Stuhllehne legte und wieder zurückbrachte. Dann zogen sie das Tau an Tarzans Faden einmal hoch und wieder runter. Jetzt musste Nickel sich das eine Ende nur noch um ihren Bauch binden und alles war bereit. Schon zog Marry Curry vorsichtig an dem anderen Ende und Nickel schwebte durch den Schacht, höher und höher. Oben angekommen, band sie sich los und schlich in den offenbar verlassenen Hof. Sie spitzte die Ohren – nichts war zu hören. Also

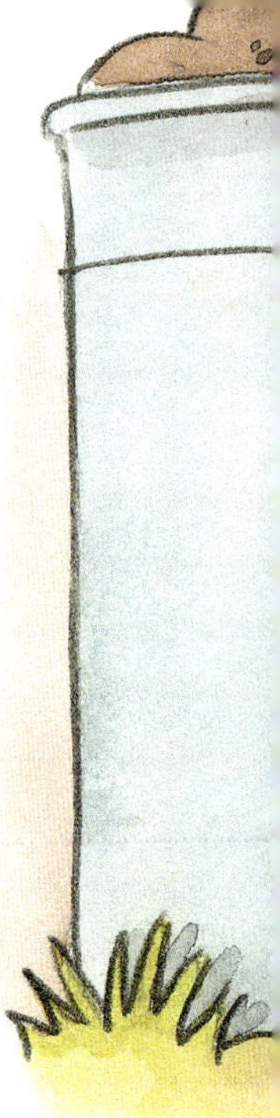

machte sie sich daran, den zweiten Teil ihres Plans umzusetzen, und eilte an der Hauswand entlang zu dem aus Bambusrohr gefertigten Gitter vor dem Kellerfenster, auf das die Sonne mit voller Kraft schien. Es war unerträglich heiß, aber sie hatte keine andere Wahl, nahm ihre Brille ab und legte sie vor einen der Gitterstäbe, um das Sonnenlicht zu bündeln.

Es dauerte eine Weile, doch schließlich begann das Bambusholz zu rauchen.

»Es klappt!«, rief sie durch das Gitter.

»Heilige Kokosnuss, so ein geniales kleines Schwein!«, krächzte Horn.

Bis Nickel alle Stäbe derart angekokelt hatte, dass Marry Curry das Gitter herausreißen konnte, dauerte es noch eine Weile. Dann kletterten alle schnell aus dem Verlies, zuletzt auch Frau Perle, die allerdings stecken blieb.

»Nur, weil Sie immer Kuchen essen!«, schimpfte Horn.

»Das ist doch jetzt egal«, piepste Nickel. »Wir müssen alle ziehen.«

Sie zogen und zerrten mit aller Kraft. Frau Perle stöhnte, aber schließlich landete sie mit der Nase im Staub und rappelte sich hustend auf.

»Juhu! Wir sind gerettet!«, rief Nickel.

Augenblicklich verstummte sie wieder. Ihre Barthaare zitterten so sehr, dass sie sich ängstlich umsah. Der fast durchsichtige Mann kam um die Hausecke.

»He! He! Heeee!«, lachte er. »Ich wollte gerade kommen, um

euch in eine Höhle in die Berge zu bringen. Schön, dass ihr euch schon selbst auf den Weg gemacht habt.«

Er stand mit seiner Pistole und den Hyänen an der Leine vor ihnen, am Himmel kreisten die Geier. Sie hatten keine Chance.

13. Kapitel:

Perle an Perle

Von der Farm aus liefen sie hoch in die Berge. Marry Curry und Frau Perle stützten Herrn Locke an beiden Seiten, aber auch so setzte er nur mit Mühe einen Fuß vor den anderen. Der dünne Mann lief immer wieder zurück und verwischte die Spuren im Sand.

»Das ist wirklich das Allerletzte!«, empörte sich Frau Perle keuchend. »Einem alten Mann so etwas anzutun!«

»Ruhe!«, zischte der Mann. »Von wegen alt! Ich bin der Älteste! Am Ende müsst ihr alle sterben. Alle außer mir! He! He! Heee!«

Da die Geier dicht über ihren Köpfen kreisten und die Hyänen ihre Zähne fletschten, gehorchten sie und liefen schweigend weiter. Nicht einmal Horn wagte es, etwas zu sagen. Ahnungslos, wohin sie gebracht wurden, schleppte sich die traurige Karawane höher und höher. Bald wurde der Durst unerträglich.

»Hören Sie, bitte!«, rief Marry Curry. »Behalten Sie mich doch als Geisel und lassen Sie die anderen gehen. Niemand wird etwas verraten, solange ich in Ihrer Gewalt bin.«

»Von wegen!«, zischte der Mann. »Für die Unsterblichkeit opfern die Menschen ihre besten Freunde!«

»Sie vielleicht!«, krächzte Horn. »Sie ehrloses Gespenst!«

»Nicht, Horn!«, piepste Nickel, aber zu spät. Der Mann machte ein Zeichen in Richtung der Geier.

»Packt euch das Plapperhuhn und guten Appetit!«, rief er.

Die Geier hatten darauf nur gewartet. Sie zogen noch einen Kreis, dann stürzten sie sich auf Horn. Nickel überlegte fieberhaft, wie sie Horn helfen konnte. Was konnte sie gegen die riesigen Geier ausrichten? Auf keinen Fall würde sie Horn im Stich lassen. Sie machte sich so groß sie konnte.

»Einer für alle, alle für einen!«, rief sie.

Die Geier hatten Horn schon fast erreicht, der gar nicht erst zu fliehen versuchte, als sich ihnen plötzlich auch Frau Perle entgegenstellte und Schlappi wild bellte. Verwirrt drehten die Geier ab. Die Hyänen lachten fies.

»Ihr habt es so gewollt!«, schrie der Mann, hob die Pistole und zielte.

Ehe er abdrücken konnte, wurde er von hinten umgestoßen und war plötzlich verschwunden. Nickel traute ihren Augen nicht. Was war denn hier los? Hatte der Mann sich in den riesigen Löwen verwandelt, der jetzt da saß und die Pistole in zwei Teile zerbiss?

»Hallo, Freunde!«, erklang plötzlich Thembas Stimme, der hinter einem Felsen auftauchte. »Anscheinend kommen wir nicht zu früh.«

Der Löwe war Nelson aus dem Dorf, und der lag auf dem Mann, dessen gedämpfte Schreie jetzt zu hören waren.

»Hilfe! Ich ersticke! Holt mich hier sofort raus!«

»Als könntest du ersticken! Du unsterbliches Gespenst!«, krächzte Horn. Vor Erleichterung lachten alle. Die Geier und die Hyänen hatten die Flucht ergriffen.

Zum Glück hatte Themba Wasser mitgebracht, das sie Herrn Locke einflößten. Marry Curry lehnte ihn an einen Felsen. Langsam kam der alte Detektiv wieder zu sich. Er lächelte und schüttelte den Kopf, dann musterte er Themba.

»Wie hast du uns nur gefunden? Er hat doch alle Spuren verwischt«, sagte er.

»Stimmt!«, rief Nickel. »Wie habt ihr uns gefunden?«

»Ja, erzähl uns das!«, sagte Frau Perle. »Wir haben dir nur gesagt, dass wir zu diesem Bauernhof müssen, auf dem angeblich Gespenster hausen.«

Themba grinste.

»Raus mit der Sprache!«, krächzte Horn. »Wie hast du uns gefunden?«

»Durch die Perle«, sagte Themba und zeigte auf das Schmuckstück, das Horn sich nicht hatte umhängen wollen. Frau Perle trug die Perle um den Hals.

»Du meinst, diese Perle hat magische Kräfte?«, fragte Herr Locke.

»Beim Klabauterhahn, also doch! Von wegen Wissenschaft! Keine Gespenster, aber magische Perlen, was für eine Geschichte!«, rief Horn begeistert.

Themba griff in seine Hosentasche. Er zeigte Herrn Locke einen schmalen schwarzen Kasten.

»Ich bin mir zwar fast sicher, dass es Gespenster gibt, aber

diese Perle ist ganz sicher nicht magisch, Herr Detektiv. Das hier ist ein Ortungsgerät. In der schwarzen Perle befindet sich ein Sender, der seine Position per Funk übermittelt.«

»Was redet er?«, krächzte Horn. »Eine Funkelperle?«

Auch Herr Locke verstand nicht, was der Junge sagte. Verwirrt sah er zu Marry Curry. Seit Herr Locke in Rente gegangen war, hatte es einige neue Erfindungen gegeben, die man früher für magisch gehalten hätte. Zahme Löwen waren nichts dagegen.

»Man kann Briefe mit dem Computer durch die Steckdose verschicken«, erklärte sie ihnen. »Sogar Fotos und ganze Filme!«

»Mit diesem dicken Kasten, bei dem das Fenster leuchtet? In dem Paul den Brief an Herrn Grobian geschrieben hat, als wir das Pupsetier suchten?«, fragte Nickel.

»Sogar mit einem Telefon, das in jede Hosentasche passt«, antwortete sie.

»Heilige Kokosnuss, die Frau hat einen Sonnenstich! Wir müssen sofort zurück in den Schatten!«, krächzte Horn.

»Das musst du mir alles zeigen«, sagte Herr Locke zu Themba. »Aber jetzt sollten wir erst einmal zurück.«

Daraufhin erhob sich Nelson, und Themba bot Herrn Locke an, auf dem Löwen zurück ins Dorf zu reiten. Während Herr Locke es sich bequem machte, rappelte der Unsterbliche sich auf und stand mit hängenden Schultern da.

»Und der Gefangene?«, krächzte Horn. »Wollen wir ihn kielholen oder gleich den Haien zum Fraß vorwerfen?«

»Nein, bitte, nicht!«, wimmerte er.

»Nein, bitte nicht!«, äffte Horn ihn nach. »Erst große Klappe und jetzt heulen! Und das, obwohl er unsterblich ist!«

»Lass ihn, bitte«, sagte Herr Locke. »Er muss uns erst noch erklären, wie er die Formel stehlen konnte.«

»Und warum sollte ich das tun?«, fragte er.

»Weil ich dir sonst die Ohren abbeiße!«, krächzte Horn.

»Horn, bitte!«, piepste Nickel. »Keine Gewalt!«

»Nein«, sagte Herr Locke. »Weil wir Sie dann zurück auf Ihre Farm bringen, wo Sie gerne bis in alle Ewigkeit leben dürfen. Allerdings werden die Löwen und ihre Nachkommen dafür sorgen, dass Sie mit der Formel keinen weiteren Unsinn anstellen.«

»Das werde ich bestimmt nicht«, jammerte er.

»Nicht gleich wieder heulen, Sie Gespenst! Abmarsch!«, krächzte Horn und flatterte um den Kopf des Mannes herum.

Und so liefen sie zurück zur Billy-Biltong-Ranch, wo sie erst einmal alle ihren Durst und dann ihre Neugier stillten: Der Mann sollte endlich erzählen, wie er die Formel gestohlen hatte. Das Geheimnis des einzigen ungelösten Falls in Herrn Lockes Leben musste gelüftet werden. Erwartungsvoll blickten ihn alle an.

»Ich habe sie gar nicht gestohlen«, sagte er.

»So ein Feigling! Jetzt leugnet er!«, krächzte Horn. »Wir müssen ihn auf kleiner Flamme rösten! Dann wird er singen, jawohl!«

»Nein, bitte nicht!«, wandte er sich flehend an Marry Curry. »Sie haben mir die Formel wirklich selbst gegeben!«

»Wie kommen Sie denn darauf? Das hätte ich ganz sicher nicht vergessen!«

»Aber Sie waren nicht Sie selbst.«

»Was redet er da? Wir sollten ihn kitzeln, das hält keiner lange aus!«, krächzte Horn empört.

»Nein! Bitte! Erinnern Sie sich denn nicht an den Jahrmarkt? Sie haben mich ausgelacht, weil ich Menschen hypnotisierte. Sie haben gesagt, so etwas sei unmöglich. Daraufhin habe ich es Ihnen bewiesen und verlangt, dass Sie mir Ihr Wertvollstes bringen. Ich wollte es nicht behalten! Aber dann haben Sie mir das Buch mit der Formel gebracht und es auf meinen Befehl hin wieder vergessen. Und ich musste es behalten. Ich konnte nicht anders!«

»Wieso?«, fragte Marry Curry. »Wieso konnten Sie nicht anders? Haben Sie keinen freien Willen?«

»Doch, aber ich war der jüngste von acht Brüdern. Immer wurde ich geärgert und da wollte ich auch mal der Älteste sein. Und dann hatte ich diese Chance! Und jetzt bin ich der Älteste, der Alleräteste, weil alle meine Brüder gestorben sind.«

»Und das macht Sie glücklich?«

Der Mann verstummte und dachte nach. Dann zuckte er trotzig mit den Schultern.

»Tja, dann wollen wir mal weiter ins Dorf«, sagte Herr Locke. »Ich denke, hier ist alles erledigt.«

»Karamba, der kommt wirklich ungeschoren davon!«, krächzte Horn.

»Ach, weißt du«, sagte Herr Locke. »Wer will schon bis in alle Ewigkeit alleine auf einem Schaukelstuhl sitzen?«

14. Kapitel:

Für immer und ewig

Nachdem die Esel sie zurück ins Dorf gezogen hatten, ruhten sie sich erst einmal in ihrer Hütte aus. Nur Frau Perle konnte nicht stillsitzen und fegte den Boden wieder und wieder, weil sie immer noch das eine oder andere Sandkorn fand.

»Heilige Kokosnuss, würden Sie einmal Ruhe geben!«, krächzte Horn.

»Hätte ich Ruhe gegeben, hätten wir diesen Fall wohl kaum gelöst«, sagte sie und fegte weiter.

»Von wegen! Wer hat denn bitte den Fall gelöst? Das waren wir, ganz alleine!«

»So, so«, sagte Frau Perle. »Und wer wollte nach Afrika reisen? Und wer hat die Perle nicht haben wollen?«

»Also bitte«, sagte Herr Locke. »Darüber wollen wir nicht streiten. Entscheidend ist doch, dass wir alles gut überstanden haben.«

»Ja«, stimmte Nickel ihm zu. »Jeder hat seinen Teil beigetragen.«

»Man kann von Glück reden, dass nur dieses Gespenst ewig

leben wird«, schimpfte Horn weiter. »Sie würden ja immer weiter fegen und Gemüse zerkochen und behaupten, dass Sie die allergrößte Detektivin aller Zeiten sind!«

Dann steckte er seinen Schnabel beleidigt in seine Federn und schloss die Augen.

»Da hast du völlig recht«, sagte Marry Curry versöhnlich. » In den Tagen im Verlies bin ich zu dem gleichen Schluss gekommen. In den Händen der falschen Menschen könnte die Formel Schlimmes anrichten. Viel Schlimmeres als ewiges Fegen. Hier aber kann sie keinen Schaden anrichten.«

Darauf einigten sie sich. Erleichtert und erschöpft schliefen sie ein.

Als Themba sie weckte, lud er sie auf den Dorfplatz ein, wo ihnen zu Ehren ein Fest gefeiert werde. Mittlerweile war es völlig dunkel.

»Natürlich kommen wir«, sagte Herr Locke.

»Vielleicht ist ja auch bald das Ersatzteil für den Wagen da«, piepste Nickel. »Dann können wir endlich nach Hause.«

»Nach Hause?«, flötete Frau Perle. »Aber wir waren doch noch gar nicht auf Safari! All die wilden Tiere!«

»Karamba, davon haben wir wirklich mehr als genug gesehen!«, krächzte Horn.

Sie folgten Themba und sahen auf dem Dorfplatz ein großes Feuer brennen, um das herum die Löwen so lagen, dass die Menschen sich bequem anlehnen konnten. Die Luft war erfüllt von köstlichen Düften. Auf langen Holzstäben steckten Früchte, und selbst die überzeugten Rohkostfresser Nickel und Horn wurden schwach und probierten von den gegrillten Bananen. Was die

Löwen betraf, waren sie etwas skeptisch. Nur Nelson vertrauten sie und machten es sich bei ihm gemütlich. Mit vollen Mägen fühlten sie sich bald so wohl, dass sie fast schon wieder eingeschlafen wären. Doch Themba hielt sie davon ab.

»Jetzt müsst ihr uns alles erzählen«, sagte er und seine Eltern und Onkel und Tanten und Freunde und Nachbarn nickten. »So oft bekommen wir hier keine Detektivgeschichten zu hören.«

Horn sah sofort, wie Frau Perle den Mund öffnete. Schnell flatterte er auf und um das Feuer herum.

»Nun ja«, krächzte er. »Wo soll man da beginnen? Mit der Jagd nach dem Bananendieb? Oder wollt ihr hören, wie wir das hinterafrikanische Pupsetier gerettet haben? Oder wie wir Frau Perle suchten und fanden?«

»Alles!«, rief Themba begeistert. »Wir wollen alles hören!«

Frau Perles Lippen schlossen sich. So stolz sie auf ihren Beitrag zur Lösung des Falles war, wollte sie hier nicht mit Horn streiten. Voller Begeisterung legte

er los und ließ kein Detail ihrer heldenhaften Abenteuer aus. Immer wieder berichtete er auch von seiner Zeit mit Captain Gurkennase auf der Esperanza, den wilden Stürmen vor Madagaskar und Feuerland, den Schlachten in der Karibik, den Schätzen von Sansibar. Das Publikum war begeistert. Hochzufrieden mit seinem Auftritt betonte Horn immer wieder, wie viel Frau Perle zu alldem beigetragen habe, und sogar Schlappi war ihm zufolge ein regelrechter Superhund, furchtlos und immer bereit, wie man es von Meisterdetektiven erwarten durfte, die bei Herrn Locke, dem allergrößten Meisterdetektiv aller Zeiten, gelernt hatten.

Themba und die anderen Dorfbewohner hingen gebannt an seinem nimmermüden Schnabel. Herr Locke räusperte sich hin und wieder, wenn er meinte, dass Horn allzu dick auftrug, und auch Nickel wollte hier und da etwas ergänzen, verkniff es sich aber, so schön war der Moment.

Schließlich war das Feuer heruntergebrannt und es war Zeit, schlafen zu gehen. Am Morgen würde das Ersatzteil eintreffen. Dann mussten sie bei Kräften sein, um zurück zum Flughafen zu fahren.

Nachdem sie allen eine Gute Nacht gewünscht und sich noch einmal bedankt hatten, stapften sie zurück in die Hütte. Herr Locke schnarchte, kaum, dass er die Schuhe ausgezogen hatte, und auch Frau Perle, Marry Curry und Schlappi atmeten bald ganz ruhig und zufrieden. Nur Nickel und Horn saßen noch auf der Fensterbank und schauten hinaus in die sternenklare afrikanische Nacht.

»Du, Horn?«, flüsterte Nickel.

»Was denn?«, fragte Horn.

»Ein bisschen werden wir doch ewig leben.«

»Heilige Kokosnuss, willst du etwa auch so ein Gespenst werden?«

»Nein«, piepste Nickel. »Ich meine, in den Geschichten, so wie du sie erzählst. Da sind wir ein bisschen unsterblich. Herr Locke, Schlappi, Frau Perle und du und ich.«

»Ach, das«, sagte Horn, plusterte sich ein wenig auf und legte seiner Freundin einen Flügel auf die Schulter. »Dafür machen wir das doch alles, oder?«

»Mhm«, sagte Nickel. »Nicht nur, aber schön ist es schon.«